JN131136
ヴァンパイアハンターに
優しいギャル
She is friendly gal to vampire hunters.
倉田和算
Illust. 林けゐ

「喉がかれるまでいこう！」

琉花はマイクに声を吹き込んだ。

もちろん、くたくたになるまで！

琉花（るか）

銀華（ぎんか）

ひなる
めいり

「銀華」
「なんだ？」
「勝ってきてよ」

「無論だ」

CONTENTS

She is friendly gal to vampire hunters.

GA文庫

ヴァンパイアハンターに
優しいギャル

倉田和算

GA文庫

カバー・口絵・本文イラスト
林けゐ

プロローグ

十字架の下で黒衣の男がうなだれている。

白銀に輝く槍が腹を貫き、男の体を壁に張り付けている。四肢は力なく垂れ下がり、衣服の隙間から絶え間なく血液が滴っている。どす黒い色をしたそれは指先から離れると、じわりと床に広がっていった。

浅い呼吸を繰り返す男に、静かな足音が近づいていく。

「幾年もの時を越え、幾人もの魂を奪った怪物の末路がこれか」

落ち着いた声が寂れた教会の空気を震わせる。

ゆるやかな夜風が雲を流し、姿を現した月光がステンドグラス越しに声の主を照らし出す。

――銀。

髪も、瞳も、片手に握った槍も、周りに漂う綿毛のような光も、すべてが銀色。

銀色をまとい、銀色にまとわれた少女は、血にまみれた男を冷たい表情で見下ろして、

「無様だな」

少女の頬にうっすらと走る傷痕が、吐き捨てられた言葉とともに歪んだ。

銀色の双眸に浮かぶのは純粋な敵意。片手の槍は男を殺すための出番を待ちわびている。

「ぐ……ぬ……な、なぜだ……なぜ誰も……来ぬ………！」

男が震える手を宙で払うと、切断された指の断面から新たな血が飛び散った。

なにも起こらない。

苦悶に曇る男の眼前で、少女が槍を水平に持ち上げる。

「配下や眷属が来ない理由がわからないか？」

「なにを……言っている……」

「考える時間を与えよう。答えは即座に見つかるはずだ」

少女の声に苛立たしげな表情を浮かべつつ、男は思考を巡らせる。

彼の濃赤色の瞳は教会をさまよった後、驚愕に見開かれた。

「なんという……なんということだ……」

絶望的な表情でうつむく男に、少女はゆっくりと口を開く。

「ようやく思い至ったか。そうだ――――お前が最後だ」

少女が銀色の槍を男に近づける。

あと一歩近づけば鋭い切っ先は男の皮膚を貫き、新たな鮮血を生み出すだろう。

男は自分の命を奪いにくるそれを曖昧に見つめて、全身を震わせ始めた。

「く……くっくっくっ……」

神経に触る不愉快な声。

足を止めた少女の前で、男は口の端を吊り上げる。

「いや、我輩を滅ぼしたのちの貴様らを考えると笑いが止まらなくてな」

男は唇の端から垂れた血も気にせず、心の底から愉快そうな笑顔を浮かべていた。

「若き狩人よ。貴様らは我らがいるからこそ意味があるのだぞ」

少女は口を閉ざしたままでいた。

その様子を見て興が乗ったのか、男はますます口を横に歪めて、

「貴様らは我らと戦うために生まれ、鍛えられ、存在する。おお、その妄念妄執はもはや敬服に値するだろう。我輩という最後の貴種を滅ぼそうとする愚かしさもそこまでくると愛おしいではないか……だが、我らを滅ぼした後、貴様らはなにを成すというのだ?」

少女は返事をしなかった。

「すでに貴様らは我らと同じ闇（やみ）の住人。混沌（こんとん）の世でしか生きられぬ宿業（しゅくごう）を背負った異端者よ。安寧の中で生きようとも、先には破滅しか待っておらぬ……さあ、理解できたのならば、その槍を下ろし、我輩の――――」

ひゅんと風切り音が鳴り、男の声が途絶えた。

男の顎から下が吹き飛び、血肉が宙を舞う。首に斜めの線が刻まれると、頭部がずるりと落ち、切断面から大量の血飛沫（ちしぶき）が噴き出した。

少女——銀色の狩人はどこまでも冷ややかな眼差しでそれを眺めて、

「命乞いならもっと上手くやれ」

その呟きと同時に、男の亡骸に変化が現れた。

肉体から瑞々しさが失われ、ひび割れが生まれていく。指先から炭のような黒ずみが体中に広がり、男だったものが砂へと変わる。

狩人が銀槍を振ると、黒砂が教会の床に散らばった。

中身を失った黒衣を見つめ、狩人は静かに言った。

「貴様らを殺した後どうするかだと?」

そんなことは決まっている。

「学校に行くんだ」

一章　キマらない前髪とキメキメの復学生

鏡に映った少女がこちらを睨(にら)んでいる。

根元まで染められたホワイトブロンド。カールがかったオレンジ色の毛先。目元で激しく輝くグリッター。耳のワンポイントピアスと首のチョーカー。着崩した学生服の上で浮かぶリボン。短いチェック柄のスカート。足につけたガーターリング。

盛黄琉花(もりきるか)は洗面台の鏡を睨みつつ、ビビッドピンクのヘアアイロンで前髪を挟んでいた。

「よし、よし……そのままー……そのままー……」

小声を出しつつ、慎重にヘアアイロンを前へ前へと滑らせていく。

気の緩みは許されない。それがヘアセット。それがオシャレ。

一日の気分を決めるのは今この瞬間なのだから。

「ここだっ！」

くいっと手首をひねると、毛先がヘアアイロンに沿って持ち上がり、ぺたりと額の上で揃(そろ)ってしまった。

「うえぇぇ～……」

後ろ髪だけでなく前髪にもカールをかけたかったのに、これでは戦国時代の姫だ。

失敗も失敗。大失敗だ。

「あんたも寿命かぁ？」

このヘアアイロンはフリマアプリで買った中古品で、いつ故障してもおかしくはない代物ではあったが、どうやら今日が命日だったようだ。

今までありがとう。あんたのことは忘れない。

短い黙禱（もくとう）を捧げた後、琉花はヘアアイロンを脇（わき）に置いて鏡に向き直った。

「んー、姫カはやべー女感でるし……流すだけ流しとくかぁ？」

前髪セットのために洗面台の棚からブラシとドライヤーを取り出していると、背後から物音が聞こえた。

「琉花ちゃん。どうしたの～？」

鏡越しに後ろを見ると、眠たそうな表情の女性がこちらを覗（のぞ）いていた。

琉花を茶髪にして体を成長させたようなその女性は、盛黄涼子（りょうこ）という名前を持っていた。

「りょーこさんこそどしたの？」

「なんか悩んでるみたいだったからぁ……母親としては心配でぇ～……」

「ただ前髪がうまくキマんなかっただけ。りょーこさんは寝てて」

涼子は付近の病院で看護師として働いていた。人手不足の影響か、準夜勤や夜勤のシフトにつくことが多く、琉花が家にいる時間帯はたいてい眠そうにしていた。

「大丈夫だよ〜。琉花ちゃんはいつもかわいいから〜」

「りょーこさんコメはエビタイム同じなんで信用できねっす」

「あたしゃいつも真剣だよ〜……ふぁぁぁ〜……」

涼子は大きなあくびとともに頭をうつらうつらと揺らしている。褒め言葉は嬉しかったが、これ以上母の貴重な睡眠時間を削りたくない。

琉花はささっと前髪のセットを終えると、床に置いたスクールバッグを肩にかけた。

「んじゃ、そろそろ出ますわ」

涼子の脇を抜けて玄関に向かい、ローファーを履いて引き戸に手をかける。

「やーす！」

「ちゃんと行ってきますって……言ったほうがいいよ……」

「まーす！」

「そ、そ、それ、ちゃんと言えてなひぃ……」

あくびまじりの、ひってらっしゃぁ、という見送りを聞いて外に出ると、六月の湿気が琉花の首を撫でた。夏が近い。そろそろ衣替えをしたほうがいいかもしれない。

振り向くと、古びた和風の家が立っていた。

周囲にある建物は洋風で、この家だけ明らかに浮いている。かわいくないし、イケてない。

なにか趣があるわけでもない。

それでも琉花は自分が生まれ育ったこの家が好きだった。

かつて祖父母が結婚記念として建てた家。琉花をここまで育ててくれた家。多くの思い出が詰まった大事な家。

今はいない祖父母のことを思い出しつつ、琉花は家に向けて少し頭を下げてから、軽やかな足取りで登校を開始した。


盛黄家から徒歩十五分。琉花の住む地区の端っこにその高校はあった。

都立飛燕高校。ヒエコーとも呼ばれるこの高校は、まあまあの広さとそこそこの偏差値を持っていた。頭髪や服装はかなり自由で、スマートフォンの持ち込みも許可されている『ゆるい』高校でもあった。

校門を抜けて下駄箱で上履きに履き替え、二階に登って二年二組に入った時、教室はすでにクラスメイトで溢れていた。

運動部グループ。真面目グループ。サブカルグループ。それぞれのグループがそれぞれの朝を繰り広げている。

琉花が教室の奥に進んでいくと、自席の近くにふたりの女子生徒が座っていた。

「はーっす！　ひな！　めい！」

「はろー！」

「おは」

あいさつバラバラすぎっしょ、と笑いながら席につくと、シャンパンピンクの髪をツインテールに結った少女、ひなるが不満げな声を出した。

「ぐぅー……るかちん。これ見てぇ」

「ん？　なんこれ？」

「ひなたちの最新作だも」

ひなるのスマートフォンにはディップズィップというＳＮＳが表示され、ひとつのショートムービーが流れていた。

ムービー中には飛燕高校ダンス部が映っており、そのセンターはひなるだった。廊下を背景に、ひなるは手足をなめらかに動かし、メッシュをいれたツインテールを激しく振り回している。彼女たちのダンスにはキレがあり、少し見ただけでもそのクオリティの高さが伝わってきた。

「おおー、いー感じじゃん」

「そこはそーなんだけど、コメ欄見て」

「え？　あー……こりゃー……」

ダンスの出来がいいからか、流行りの曲を選んだからか、動画の再生数はかなり多かった。

それと比例するようにコメントの数も多く、

「ムネユレごちですー、とか、お尻もっと振ってー、とか……セクハラコメうざすぎ。うざすぎうざすぎー」

ＳＮＳで活動するということは不特定多数の人々に見られるということだ。その上、現役女子高生のダンスとくれば、そういう類のコメントを集めることは当然かもしれない。

とはいえ、ひなるが怒ったところでこういった人間がコメントをやめてくれるわけではないし、ただ疲れるだけだ。最善策はちまちま運営に通報すること。怒るだけ無駄。

わかっているのに琉花の中から怒りが湧いてきた。

ひなるは自分の友達だ。ゆるふわメイクや不思議な語尾で自分なりのかわいさを目指すかわいいかわいい大事な友人。そんなひなるが顔も知らない誰かに困らされているなんて、黙っていられない。

「なんかムカついてきた……ひな、スマホ貸して。コメ返しすっから」

「る、るかちんが怒ってどうすんだも」

「あたしだってダンス部だし、仲間のためなら一肌剝くよ」

「ユーレー部員がなに言ってんだも……あと、剝くじゃなくて脱ぐだも」

ひなるは苦笑いしつつ琉花からスマートフォンを遠ざけた。

力になることはできなかったが、ガス抜きにはなったようだ。悔しいが今はこれで引き下がることにしよう。これ以上やると逆に怒られるし。

「んー……」

別の悩ましげな声が聞こえたので後ろを向くと、黒い髪にインナーカラーをいれた少女、めいりが眉をひそめてスマートフォンを眺めていた。

着崩したブラウスの隙間からネックレスが覗き、鎖骨の間でゆらゆら揺れている。ファッション雑誌の読者モデルをしていることもあって、めいりの苦しげな表情はどこか画になっているように見えた。

「めい。どした？」

「や、ウチが欲しかったリップがマルオクに出てんだけどさ」

めいりのスマートフォンではマルオクというオークションサイトが開いており、リップクリーチャーと書かれたパッケージの写真が表示されていた。

リップクリーチャーとは、『落ちにくいリップ』として日本の化粧品メーカーKATHYが売り出したコスメであり、全国で売り切れを続出させた大人気商品だ。マルオクのようなオークションサイトに出品されていることからもその人気の高さがわかる。

「……って、なんか高くね？」

めいりが見ているページのリップクリーチャーは、定価よりも少々高めに設定されていた。

「マルオクだかんね。ちょい割高」

「あれってプチプラっしょ。プチプラなのにこの値段って」

「わかってる。わかってんだけど、店に並んでないし……」

めいりは溜め息を吐いた。

友達が困っているのなら助けてあげたいが、お互いの財布事情もある。琉花とめいりは中学時代からの付き合いだが、そこは安易に口出しできない領域だ。

そうやって琉花が賛成でも反対でもない曖昧な態度を取っていると、

「めいちって前もなんも考えずにクリーム買って騙されてたし、今回もたぶん失敗だからバカ見る前にやめといたほうがいいも」

空気が凍った。

ひなるが言った通り、めいりはオークションサイトでの買い物に失敗したことがある。

今回のようにパッケージ写真が並んでいる高級クリームを見て、悩みに悩んだ末に購入すると、なにも入っていない空箱が家に届いた、という詐欺にあったのだ。一応、返品はできたようだが、あの数日間のめいりは非常に触れにくい存在だった。

やめたほうがいいかも、という気持ちは琉花にも共感できたが、それならばせめてもう少し柔らかい言い方をして欲しかった。

「……ひなだって同じようなことしたでしょ」

めいりの声には不機嫌さが滲んでいた。

「前にひながパチモンのアクセ買わされた時さ。ウチと琉花で慰めまくったじゃん。それ忘れてんなら……バカはあんたでしょ」

「今、それ関係なくない？」

ひなるの顔が険しくなる。外見が幼いので迫力は薄いが、怒りの波はそばにいる琉花にも伝わってくる。

ふたりの友人が火花を散らし合っている……朝っぱらから……結構しょぼい理由で！

突如勃発（ぼっぱつ）した衝突を前にして琉花はひそかに嘆息した。

これは小競り合いであって本当の意味での喧嘩（けんか）ではない。数日間は口を聞かない仲になるかもしれないが、いつの間にか勝手に仲直りしている。これはそういう規模の戦いだ。だから、いちいち心をざわめかせる必要もない。

でも、その数日間が面倒くさいんよ……。

ふたりが仲直りするまでその間を右往左往するのは琉花だ。かなり面倒くさいし、楽しくない。楽しさ至上主義の生き方を目指す琉花にとって避けたいことだ。

「いんや、ふだりどもバカじゃね」

琉花が口を挟むと、ひなるとめいりは一気に白けた表情になった。

「るかちん。なにその訛（なま）り？」

「誰真似？　ってかなに真似？」

ふたりの抗議を無視して、琉花は話し続ける。

「おめいがリップクリーチャー買うかどーが悩んでんのは、前の失敗を覚えでっがら。ぞだよな？」

「そうだけど……本当になんなのそれ」

「んで、おひなは、おめいがまだ悲じむのがやだがら、づえー言葉で諦（あきら）めざぜようどじだんだ。ぞだよな？」

「そーだけども……き、聞き取りにくいも……」

顔をしかめるふたりに対して、琉花は大げさに頷（うなず）いてみせた。

「失敗がら学ぶやつをオラはバカだと思わね。気遣いでぎるやづをオラはバカだど思わね。んだがら、オラはふだりどもバカだどは思わねー……おめえさんがたはどーだ？」

琉花がそう言うと、ひなるとめいりはお互いに顔を合わせ、気まずそうに目をそらした。

「ひなが気遣ってくれてるってのはわかってるけど、でも言い方がさ」

「そだね。ちょっとひなの言い方が悪かった……かも……」

「や、言ってることは正しいし、気遣ってんのは伝わってるから……謝んなくても別に……」

ふたりはそう言ってごにょごにょ呟（つぶや）き、もじもじ始めた。

おー、かわいーやつらめ。

先程まで漂っていた刺々しい雰囲気がなくなっている。面倒くさい事態を避けることに成功したようだ。気分がいい。

琉花はふたりに向かって満足気に笑いかけた。

「つか、そんなんで恥ずがるヒツヨーないって。あたしなんてお金くれるっつーから、おっさんについてったらホテル連れ込まれそうになったけど恥ずがってねーし」

「『それは恥ずがれよ』」

「あぁん？」

「わ、琉花がキレた……あ、ウチのスマホ！」

「あー、ひなの子！」

ふたりのスマートフォンを奪い取り、琉花が画面に指紋をつけまくっていると、始業のチャイムが鳴った。

「今日はここまでにしといてやる。おひな。自分ち帰りな」

「も、弄ばれたも……」

スマートフォンを返すと、ひなるは肩を落として自分の席に戻っていった。後ろの席のめいりはこちらを睨みつけながら、ハンカチでスマートフォンをごしごし拭いている。

クラスメイトたちは全員席についていた。もう少しすれば担任教師の谷塔美が入ってきてホームルームが始まるだろう。

一日の始まりに琉花がかすかな高揚を感じていると、教室の前扉が開いた。

「…………は？」

その声を誰が出したのかはわからなかった。

騒がしめの男子かもしれないし、真面目な女子かもしれない。一匹狼（おおかみ）の男子かもしれないし、眠そうな女子かもしれない。もしかしたら自分かも。

だが、誰が出してもおかしくはなかった。

なぜなら教室に入ってきたのは谷塔美ではなく、銀髪銀眼の美少女だったのだから。

どれほど脱色を重ねても再現が難しそうな美しい銀色の髪。

カラーコンタクトを入れているのか、彼女の虹彩（こうさい）は銀色に染め上げられている。

異国の雰囲気を漂わせる整いすぎた顔立ち。

十字架をメインとした大量のピアス。

なめらかな頬（ほほ）に薄く刻まれた傷痕（きずあと）。

黒い光沢を放つ革手袋とタイツ。

まるでアニメキャラクターのような美少女を見て、

「ア、アニメキャラだ……」

琉花は思い浮かべたままのことを呟いていた。

指定の女子学生服を着ているので飛燕高校の生徒であることは間違いない。だが、あんな派手な容姿の美少女は今まで見かけたことがない。

クラスメイトたちも銀髪美少女の登場に衝撃を受けているらしく、近場の人間と囁き合っていた。

「あれ、誰……？」

「なにあの髪色。バンギャってやつ？」

「すっげえ美人……いや、でも、ちょっとこえーな」

あの美少女を知る人間は誰もいないらしい。

トントンと肩をつつかれて振り返ると、めいりが顔を近づけていた。

「琉花。あの子どう思う？」

「顔がいい」

「それはそう」

そんなことを話していると、銀髪美少女が動き始めた。

彼女は教壇に置いてある席順表を眺めた後、周りを圧倒するようなきびきびした動きで教室の中央を通り過ぎ、一番後ろの席――二年に進級してから誰も座らなかった席――に座った。

そこに座るんだ……。

銀髪美少女の動向を見守ったクラスメイトたちが奇妙な連帯感を覚えていると、教室に小太りの女性が入ってきた。

「はーい。みなさんおはようございまーす。朝のホームルームの時間ですよー」

二年二組の担任兼、日本史教師兼、二児の母である谷塔美は教室に入ってくると、生徒に柔らかい微笑を向けて、

「ん～？　んん～？」

そして教室に銀髪美少女を見つけると、それを徐々に打ち消した。

谷は教壇上の席順表と出席簿を見比べ、次にそれらと銀髪美少女を交互に見比べ、絞り出すように言った。

「も、もしかして……四十七さん？　ですか？」

谷が、しじゅうなな、という不思議な名字を口にすると、美少女は椅子を引いて静かに立ち上がった。

「はい。四十七です。谷先生。初めまして。おはようございます」

「あ、はい。はじめましてございます……」

美少女の凛とした声は谷から落ち着きを奪い取った。

二年二組の担任教師は迷子になった子どものように狼狽し、助けを求めて教室のそこら中に目をさまよわせてから、問題に直面しなければいけないことを自覚して、銀髪美少女に向き直った。

「ふ、復学は明日からじゃ……？」

「一日でも早く授業を受けるために本日から登校開始することにしました。学校には連絡をしましたが……谷先生はお聞きになっていないということでしょうか」

「あ、はい……お聞きになっておりません………ごめんなさい」

谷の言葉が尻すぼみに消えていく。

その様子はいじめられているようで、琉花は銀髪美少女への反発を覚えた。あのお人好しの谷ちゃんをいじめるなんて。ひどい美少女だ。

「で、では、今日から四十七さんは復学する……ということで……四十七さん。クラスのみなさんに自己紹介をお願いできますか?」

「承知しました」

そう言うと、銀髪美少女は生徒たちの間を通り、谷の隣に並び立った。

彼女は黒板に自分の名前を書いてから、直立姿勢で教室を一望した。見定めるような鋭い眼差しに、自然とクラスメイトたちの囁きが静まっていく。

「初めまして。本日から復学いたしました四十七銀華です。海外に長期滞在していたこともあり、日本の常識に疎くなっているかと思います。失礼があった際はご注意いただけると幸いです。休学していたため年齢はひとつ上となりますが、敬語は不要です」

流れるように自己紹介を言い切ると、銀髪美少女、四十七銀華はクラスメイトに向けて一礼した。

十七銀華

「よろしくお願いいたします」

彼女の一挙一動は美しく、圧倒的で、二年二組の一同はなにも言葉を発せなかった。下手なことを言えば押しつぶされてしまう。そんなプレッシャーがあった。

静寂と緊張に満たされた教室の中で、ためらいがちの拍手が起こる。

「は、はい。みなさん拍手～」

谷の号令に合わせてクラスメイトたちが慌てて拍手をする。その音はまばらで、歓迎を表現しきれていなかったが、四十七は気にすることなく自席へ戻っていった。

六月の初め。銀髪銀眼の美少女、四十七銀華は復学してきた。

後日、耳にしたことだが、ほとんどのクラスメイトはこの時こう考えていたらしい。

やべーやつが来た、と。

その日の授業は全体的にぎこちなかった。

「四十七さん。その髪は……?」

「地毛です」

「な、なるほど……失礼……」

これは現代文教師と四十七銀華のやりとり。

「そ、そのまなこは真なりや?」

「生まれつきです」

「げ、げに……」

　これは古文教師と四十七銀華のやりとり。

「ティーチャー谷からお話はうかがいました。ミズ四十七は海外留学していたんですよね。ナイストゥーミーチュー」

「初めまして。先生は母音のアクセントが強めですね。どちらで英語を学習されましたか」

「………海外に行ったことないです」

　これは英語教師と四十七銀華のやりとり。

　授業が終わる頃、英語教師は半泣きになっていた。

　午前の授業が終わり、琉花とひなるは昼食を買うために一階の購買部に向かった。

　めいりは弁当を持ってきているので教室で待っている。読者モデルをしていることもあり、めいりの弁当は緑一色だった。琉花にも読者モデルに憧（あこが）れる気持ちが少しはあったが、あれを見るとその気持ちはしぼんでいった。

「四十七ちゃん、ヤバかったね」

　購買部の列に並んでいると、ひなるが笑い混じりに話しかけてきた。

　四十七の教師たちへの対応を思い出しつつ、琉花は頷き返す。

「そーだね。あれは鬼ヤバ」

「センセーたちもビビってたし、いつかなんかやらかしそうだも」

「やらかしっつーなら、もうやらかしまくりだし」

「それなー」

「ま、復学したてで慣れてないだけっしょ。すぐ落ち着くって」

四十七は教師たちを圧倒してはいたが、悪意があるようには見えなかったし、要領が悪いようにも見えなかった。あの態度は長い海外生活の影響によるもので、そのうち日本のコミュニケーションに迎合していくだろう。

琉花がそう結論づけていると、購買部の列がぴたりと止まった。

列を構成する生徒たちが定まった方向を見つめている。生徒だけではなく、教師や購買部の職員たちもそうしていた。

彼らと同じく琉花とひなるも首を傾けると、向こう側に銀髪の美少女が立っていた。

指導室の前で四十七は教師たちに囲まれてなにか話していた。復学について話しているのか。今日の授業態度について話しているのか。ここからではよく聞こえない。

ただ廊下に立って話しているだけなのに、彼女はこの場の人間たちの注目を集めている。誰もが認めるほどの圧倒的な存在感。それが四十七銀華から放たれている。

「……ありゃ、時間かかりそーだ」

呟いた後、琉花は前の生徒の肩を叩(たた)いて列を進ませた。

昼食後の体育という最悪のスケジューリングにげんなりしながら廊下を歩く。

女子たちは全員同じような感想を抱いているらしく、だるい、早く終われ、ありえん、と呟きながら一階の女子更衣室を目指していた。

琉花としても食後の体育は気だるく、避けたいことではあったが、それよりも気になっているのはメイク崩れのことだった。

今日はフィックスミストでの仕上げや染色型（ティントタイプ）のリップをつけるなどの対策をしてきた。なので、めったにメイク崩れは起きないとは思うが……それでもそわそわしてしまう。

今日の体育はどれくらいの激しさなのだろうか。制汗スプレーは持ってきただろうか。汗拭きシートは持ってきただろうか。着替えは。代えのつけまつ毛は……。

不安から体育用のナップサックを覗くと、あ、と声が出た。

「やば、タオル……」

琉花が立ち止まると、先を歩いていたひなるとめいりが振り返った。

「るかちん。タオル忘れたも？」

「いくらあんたでもタオルシェアは勘弁」

「あたしだって嫌だっての」

めいりにツッコミをいれつつ、琉花はナップサックを閉じる。

汗拭きシートや制汗スプレーは入っていたので、体育後のケアができないわけではないが、これらはできるだけタオルで汗を拭き取ってからの仕上げとして使いたい。

「スクバにミニタオルがあったはず……取りに戻るから、先に行ってて」

ひなるの、りょー、という返事を聞きながら、琉花は教室に引き返した。

授業が始まる前に気づけてよかった、と安心感をいだきつつ、短いスカートをはためかせて階段を駆け上がり、二年二組の教室のドアを開くと、

——四十七銀華がいた。

ひとりぼっちの教室で、彼女は静かな呼吸を繰り返していた。瞑想(めいそう)しているかのように薄く目を開き、唇からも力を抜いている。カーテンを通した柔らかい陽射(ひざ)しが彼女を包み、なめらかな肌をうっすらと輝かせている。

琉花は息を忘れていた。

めいりはきれいだ。ひなるはかわいい。琉花だって自分の容姿やスタイルにはそれなりの自信を持っている。

でも、自分たちがいくら努力しても、四十七銀華の持つあれは身につけられないし、絶対に敵(かな)わない。そんな気がした。

……いや、なんでこの人まだ教室にいんの？

体育の授業では開始前に更衣室で体操服に着替える必要がある。女子は女子更衣室、男子は

男子更衣室で。

更衣室の場所がわかんなくても誰かについてけばいいのに、と考えてから、琉花は四十七が昼休み中教室にいなかったことを思い出した。彼女は生徒指導前で教師たちに詰め寄られていたのだ。

このままだと四十七は体育の授業中、教室で瞑想し続けることになる。

琉花が、しじゅ……、と呼びかけたその時、

「四十七さん。まだ教室にいたんだ」

別方向から女子の声がした。顔を向けると、琉花が開けたドアと反対側のドア付近に真面目グループの黒髪女子たちが立っていた。

その中から特段清楚（せいそ）な雰囲気をまとったおさげ美少女が四十七に近づいていく。

「君は？」

「わ、私は速水（はやみ）ちなみ。このクラスの委員長をしてるの。よろしくね」

速水ちなみの自己紹介は早口で落ち着きがなかった。四十七銀華という存在を前にして平静を欠いているらしい。

「四十七さん。体育の授業は女子更衣室で着替えるの」

「更衣室……だから人がいないのか」

「うん。そうなの。体操服は持ってきてる？」

四十七が、ああ、と頷くと、ちなみはほっとしたように笑った。

「私たちについてきて。更衣室まで案内するから」

ちなみが言うと、四十七が立ち上がり、彼女たちの後ろについていった。

なんだ。普通に友達づくりできんのか。よかったよかった。

妙な安心感と空振りをした気恥ずかしさを覚えつつ、琉花は自分の机に向かって、スクールバッグからミニタオルを取り出した。


「ふぃー、疲れたぁー」

吐息を出しながら、後ろでまとめた髪を持ち上げる。

うなじをタオルで叩いてから、汗拭きシートで拭いていく。更衣室ロッカーの内側にある鏡を見つめる。メイク崩れはなし。朝しっかり対策しておいてよかった。カラコンずれそうになった時はビビったけど。

琉花が胸元(むなもと)に汗拭きシートを突っ込んでいると、隣のひなるが目を細めてこちらを見ていた。

「相変わらず琉花パイでっけーもー……」

「おおう、突然のセクハラ。ビビるわ」

「触ってないし録音されてないんでこれはセクハラじゃないも」

「アクシツってやつじゃーん」

琉花とひなるが軽口を交わしていると、体操服の袖をめいりに引っ張られた。

「でも、あの姐さんにはマジで驚いたね」

めいりの言った姐さんとは四十七銀華のことだ。四十七が一歳年上であるため、めいりは彼女をそう呼ぶことにしたらしい。

琉花たちから少し離れたところで四十七は女子たちに囲まれていた。

今日の体育では短距離走と高跳びを行った。授業の中で四十七は百メートルを十二秒で駆け抜け、二メートルバーを難なく飛び越えた。それらは女子の世界記録を優に越すレコードであり……真面目グループや運動部グループの四十七を見る目はがらりと変わった。

「四十七さん本当にすごいよ！　どうやったらあんなに高くジャンプできるの？」

「陸上部入りなよー。全国、いや、世界目指せるって！」

「海外にいたって言ってたけど、なにかスポーツしてたの？」

色めきだつ周囲に対して、四十七当人は無表情のまま、考えておく、とか、詳細は言えない、と淡白な返事をしていた。

塩対応やな～、と琉花がぼんやり考えていると、

「四十七さんともっと仲良くできたらいいな」

速水ちなみのかわいらしい声が聞こえた。

ちなみはすでに着替え終わっていた。琉花やめいりと違ってブラウスを着崩すこともなく、

ブレザーをきちっと身につけている。清楚率百パーセントの優等生。去年学校パンフレットの被写体に選ばれたことも納得だ。

「嘘はやめてくれ」

四十七の声は女子更衣室に不思議なほど響いた。

女子たちの手が揃ったようにぴたりと止まる。大半の女子は着替え途中だったので、下着姿のまま固まることになった。もちろん琉花も。

な、なに言ってんのあの人。

「速水、君は先程から嘘をついている。私に接近した真の目的はなんだ？」

周りがドン引きする中で、四十七のやたらいい声が続く。

「教師の命令か？　私の身元を怪しんでいるのか？　私の身体技術を知りたいのか？」

おいおいおいおい。そりゃあんたはスタイルいいし、足だって蟹みたいに長いよ。顔だってすげーイケてるし、声だってギャンかわだよ。

「残念ながら身体技術について教えることはできない。私のこれは一朝一夕で身につけられるものではないし、特殊な適正が必要となる。諦めたほうがいい」

でも、そんなひどいことをストレートにぶつけたら、

「そ、そんなつもりは……なくって……ぅぐ……んんっ……」

気の弱い女子なら泣いちゃうでしょ。

琉花たちや運動部グループならなにか言い返せただろうし、サブカルグループだったら愛想笑いで済ませたり、話題そらしができただろう。

だが、速水ちなみはそうではない。

彼女は真面目であるからこそ委員長で。真面目であるからこそ教師に頼られがちで。真面目であるからこそ人の言葉をまっすぐ受け止めてしまうのだ。

「うぇ……ふぅぅ……」

「委員長。大丈夫?」

「ちなみ。こっち来な」

顔を伏せてえぐえぐと泣くちなみの周りに女子たちが集まってくる。肩に手を添えたり、四十七との間に入って壁になったりしている。

四十七はそんな女子同士の連帯を冷めた目で見つめていた……、

「ム……私はただ質問しただけで……傷つけるつもりでは……」

……わけではなく、狼狽していた。

泣かすつもりじゃなかったんか⁉

琉花が内心でツッコんでいると、ちなみを囲む女子たちから四十七に敵意ある瞳(ひとみ)が向けられた。他の女子たちからもほのかな嫌悪を感じる。

怒りによって空気が汚染されている。まだ誰も行動に起こしていないが、このままだと袋叩き(リンチ)が始まってしまう。

仕方がない。ここは一肌剝き……一肌脱ぎますか。

「あんさ～！　四十七さんさぁ～！　な～んであんなひどいこと言ったんすかぁ～？」

わざとらしく大声を出すと、その場の視線が琉花に集まった。

部外者に対しての当然の反応。だが、ここで引いたら事態はもっとこんがらがる。かっこつけていかないと……下着姿でかっこつけもなんもないけども。

「つか、嘘はやめてってなに？　なんであんたに嘘かどーかわかるわけぇ？」

四十七の発言はちなみへの警戒心から出たものだろう。知り合ったばかりの人間に見え見えのお世辞を言われて苛立(いらだ)ったというのもあるかもしれない。なんにせよカマかけ以上のものではないはずだ。

そう思っていたので、

「眼球運動や呼吸速度。表情の機微から、私は他人の嘘を見抜くことができる」

真顔で『嘘を見抜ける』と言われて驚いた。

「んなことあるわけ……」

言葉を止める。

琉花が四十七銀華のことを知ったのはたった数時間前だ。彼女の性格も知らなければどこから来たのかも知らない。彼女を否定するには早すぎる。

琉花は言いかけた言葉を飲み込んでから、

「んじゃ、あたしのお母さんの名前はときわだ。これはどう？」

「嘘だな」

食い気味に即答され、息が詰まった。

こんなに早く嘘が見抜かれるとは。彼女の言っていることは本当なのかもしれない。

「……嘘とわかるだけで本当の名はわからないが」

四十七の呟きで平静を取り戻す。

ひとつ見抜かれただけで決めつけるのは早い。もう少し質問を続けよう。

「あたしの友達はめいりとひなるだ」

「それは本当だ。他に友人がいる可能性はあるが、そのふたりが君の友人というのは本当のことだ」

「あたしの胸はDカップだ」

「嘘だ。それより上か下……いや、その反応は上だな」

「すごっ！　あんたマジで嘘見抜けんじゃん！」

驚きとともに周りを見回し、女子更衣室の面々と感情を共有する。

四十七銀華は嘘を見破ることができる。

その事実が女子たちに浸透し、空気が別方向に傾いたことを感じた後、琉花はもう一度四十七に向き直った。

「んで、改めてだけど、さっきの嘘はやめてってなんなん？」

四十七に嘘を見抜く能力があることはわかったが、先程の発言がどういう感情から出て、どういう意図を持っていたのかはまた別の話だ。そこをハッキリしなければこの場は収まらないし、ちなみの涙は止まらない。

四十七はちなみにちらりと目を向けて、

「速水は自分の感情に嘘をついていた。私との接触に過度のストレスを感じて、それを必死に抑え込み、苦しんでいた。なので、私は近づいた理由を聞き出して、やめたほうがよいと伝えたかったんだが……」

「気ぃ遣った的な？」

「そうだ。教師の命令であれば従う必要はないと言いたかったし、私の身元を探っているのであれば気にするなと言うつもりだった」

「あんた、それ……口下手すぎっしょ…………へっ、へへへっ」

気まずそうに目をそらす四十七を見て、琉花の口元が緩んだ。

なんだ。いかつい見た目してるけど、意外とかわいいところあるじゃん。

琉花は肩から力を抜くと、真面目グループに向けて目を動かした。

「まー、あんたの気遣いもわかるけどさ。ちなみの頑張りもちょっとは認めてあげなよ」

「頑張り？」

「そそ。よくわかんないフクガクセーと仲良くしようとしてることとか。みんなの委員長するために気ぃ張ってるとことか。センセーらの期待を背負って……応えるだっけ？　……まあどっちでもいいや。ともかく、ちなみは頑張ってるわけ。ウゼーかもしんないけどさ、ちょっとくらいは認めてあげて欲しいっつーか」

琉花の言葉を聞いて四十七は唇を奥に巻いた。反論する気はないらしい。

「それに最初はやな感じでも、つるんでみたら意外と合うかもしんないっしょ。初対面でNGは人生損っつーか……楽しくなくね？」

お、あたし今かなりいー女っぽい。

そうやって琉花が自画自賛していると、四十七が沈痛な面持ちで小さく頷いた。

「……君が正しい。私が短慮だったようだ」

「タンリョってなに？」

「考えの足らない愚か者、ということだよ」

四十七はそう言うと口元を緩ませて、

「君の名を教えてくれないか？」

「あたし？　あたしは盛黄琉花だけど……」

「そうか……ありがとう。盛黄」

「いいってことよ」

肩をすくめつつ、周りを眺める。

女子更衣室に充満していた緊張感は消えていた。四十七の気遣いとちなみの気遣いがすれ違って起きた事故だということが女子たちに伝わったようだ。

琉花が後ずさりすると、四十七はちなみに向かい合った。

「速水さん。私はあなたの厚意と勇気を無下にし、侮辱してしまった。本当に申し訳ない」

四十七が頭を下げると、ちなみはしばらくその姿を見つめていた。

うんうん。四十七さんも謝ったし、ちなみには四十七さんの考えが伝わったし、丸く収まって……、

「い、いまさらそんなこと言われても……うぇぇぇぇ！」

……んま、ちなみからしたら知ったこっちゃないか。

この事件の後、四十七銀華がやべーやつということは女子たちの共通認識になった。

もちろん、すぐに男子たちの共通認識にもなったけど。

復学初日を終えた銀華（ぎんか）は、帰路の途中にあるスーパーマーケットに入った。

買い物カゴ片手に弁当コーナーに足を運ぶ。このスーパーは輸入食料品を大量に扱っていることもあり、弁当の数も種類も豊富だった。

「ふぅー……」

色とりどりの弁当を眺めているうちに、自然と溜め息が出た。

頭に浮かぶのは今日の出来事。速水（はやみ）ちなみとの一件だ。

あの後、速水が泣き止（や）むことはなかった。

他の女子たちから、今日はそっとしておいたほうがいい、とアドバイスされたため、速水と関（かか）わらないことにしたが、お互いに強烈なシコリが残ったことは間違いない。

けして学校生活が順調にいくと思っていなかったし、いつかはトラブルにぶつかることを覚悟していた。

だが、まさか一日目からこんな失敗をするなんて。

——すでに貴様らは我らと同じ闇（やみ）の住人。

かつて耳にした言葉と嘲笑（ちょうしょう）が蘇（よみがえ）り、銀華の口の奥を苦々しくさせる。

自分はあの殺伐とした戦いに決着をつけ、人が生きる世界に帰ってきた。

果たしてそれは正しいことだったのだろうか。

首を横に振る。この迷いこそがあの言葉の目的だ。敵の思惑に踊らされてはいけない。自分は一刻も早くこの世界に馴染（なじ）まなければならないし、これ以上今日のようなトラブルを起こすわけにはいかない。

だが、どうすればいいかわからない。圧倒的に経験が不足している。

あの華やかなクラスメイトならこの答えを出せるのだろうか。

「盛黄琉花（もりきるか）……か……」

速水とのトラブルが長引かなかったのは盛黄が取りなしてくれたおかげだ。彼女がいなければもっとこじれたことになっていたかもしれない。

彼女には改めて感謝を告げなければいけない。そして、

「もう一度速水に謝ろう……」

なにはともあれ、それが最優先だ。

銀華はもう一度溜め息を吐いてから、弁当コーナーからタイ料理を手に取り、買い物カゴに放り込んだ。

◆　◆　◆

次の朝、琉花が下駄箱で出会ったひなると一緒に教室に入ると、めいりがおもむろにスマートフォンを見せてきた。

「つーわけで、彼氏にリップクリーチャー買ってもらいました」

めいりのスマートフォンではメッセージアプリが起動されており、『ほんとにいいの？　むりしないで』『大丈夫！　おれ今月金持ちだから笑』『ありがとう　だいすき』『おれも♡♡♡』というやり取りが表示されていた。

「「うーわっ……」」

琉花とひなるが顔をしかめると、めいりは意外そうに言った。

「なんでドン引き？」

「や、朝からカロオバ文章見せられて胸やけ起こしたっつーか……」

「めいちの彼ピっておっさんだし……心配だも」

二方向からの批評を聞いて、めいりはスマートフォンを遠ざける。

「おっさんじゃなくて大学生だって。しかもモデルの」

めいりの恋人は読者モデルの撮影で知り合った大学生だ。

琉花としてはひなるが言うほどおじさんとは思っていないが、高校生に手を出す読者モデルの大学生――しかも二年留年している――はかなり胡散臭く見えた。恋愛に年の差は関係ないと思うが、美女や美少女溢れるモデルの界隈で、わざわざ高校生に目をつけるだろうか。

とはいえ、昨日みたいにマジギレされかけても困る。

「よーし、めい。テイクツー行くわ」

「は?」

「う～ん、めいには優しい彼氏がいて羨ましいなぁ～。あたしも欲っしいなぁ～」

「それぜってぇ思ってないやつじゃん」

めいりはそう言うと、琉花の頬をぷにぷにとつっついてきた。これくらいの報復で溜飲が下がるのなら甘んじて受け入れよう。

琉花が苦笑いを浮かべていると、ひなるが不思議そうに言った。

「てか、前から思ってたけど、るかちんってなんで彼氏つくらないいんだも?」

「なんでって……なんで?」

「だってるかちんって男子にモテんじゃん? さっき彼氏欲しいつったじゃん? それならつくればよくね?」

そう言うと、ひなるは手元の袋から飴を取り出し、口の中で転がし始めた。

ひなるは言葉通りの解釈をしたようだが、『優しい彼氏がいて羨ましい』と言ったのは、めいりをなだめるための方便であって本意ではない。

そして、なぜ恋人をつくらないかということの答えは決まっている。

「そんなの……あんたらと一緒にいたほうが楽しいからに決まってんじゃん！」

「「へっへっへっへっ」」

「この流れ、何回やっても楽しいわ～」

琉花たちがくだらないやり取りをしていると、急に教室がしんと静まった。

四十七（しじゅうなな）銀華が登校してきたのだ。

昨日と同じように銀髪銀眼と端正すぎる顔を輝かせ、昨日と同じようにギラギラとアクセサリーを揺らしている。

クラスメイトたちの息が詰まる。昨日の事件を目前にした女子たちはもちろんのこと、男子たちも同じような反応だ。彼らも女子たちになにかがあったと察しているらしい。

四十七は自分の席にスクールバッグを置くと、教室の前方、ちなみに向けてその足を進めていった。

ちなみの表情が緊張と不安で歪（ゆが）む。自分を泣かせ、心の秘密を暴（あば）いた相手が弓矢のように近づいてくるのだからその反応は当然だ。しかし、周囲は四十七の動向を観察することに意識を割いているようで誰（だれ）も動かない。

四十七はちなみの前で立ち止まると、

「速水……さん。改めて昨日の件についての謝罪がしたい。申し訳なかった」

凛とした声で謝罪を放った。

「あ、は、あう……」

ちなみが言葉にならない声を出す。昨日のように取り乱すことはなかったが、謝罪を受け取る余裕もなさそうだ。

彼女はおろおろと目をさまよわせ、その視線を一点で止めた。

それは紛れもなく琉花に向けられたもので、

「……ちょい行ってくるわ」

あんな小動物のような目で頼られたら出ていかざるをえない。

それに昨日の彼女たちを仲裁したのは自分だ。最後まで面倒を見る義務がある……ような気がする。

「ウチらも行く?」

「や、ひとりで大丈夫……あ、でもこれだけもらってくわ」

「あー、ひなのお楽しみがー……まあいいけども」

ひなるからあるものを強奪し、琉花はちなみの救出に向かった。

琉花が近づくと、四十七は不思議そうな表情になり、ちなみは緊張を少し緩ませた。やはり自分が来て正解のようだ。

「四十七さん。朝から気張りすぎ。ちなみがビビっちゃってんじゃないっ・す・かー」

言葉を区切ってふたりの間に手刀をいれると、四十七が気まずそうにした。

「ム……すまない……」

ちなみだけでなく四十七も緊張しているらしい。もしかすると、四十七は人に謝った経験が少ないのかもしれない。

それなら教えてやりゃいーだけか。

「人に謝る時はワイロはマストだって」

琉花がひなるから奪った飴袋を突きつけると、四十七は形のいい眉毛を歪ませた。

「そんなものを渡しても謝罪にはならないと思うが」

「んなことないって。激ウマだからコレ」

「……普通の飴に見えるが」

「うん、フツーの飴だけど？」

「…………それではますますなんの意味がある？」

「意味ってのは心で感じるもんだぜ」

「………………意味不明だ」

「ぶふっ……」

噴き出す声が琉花と四十七の会話を遮った。

琉花と四十七が同じタイミングで視線を下ろすと、ちなみが口を押さえて震えていた。

「速水さん？」

「あっ……」

ちなみは小さく声を出すと、顔を覆ってうつむいた。口に浮かんだものを隠しているようだが、肩は細かに震えているし、手の隙間からはそれが見えている。

「……あとはふたりで解決しな」

琉花は四十七の胸に餡袋を押し付け、身を翻した。

昨日に続いてあたし、いー女度高すぎか？

心の中で調子に乗っていると、後ろから声が聞こえた。

「昨日、家に帰って考えてみたの……先生たちに言われて四十七さんに話しかけたけど、私の距離のとり方が下手で、四十七さんを困らせちゃった……ごめんなさい」

「速水さんが謝罪することはない。昨日のことは全面的に私が悪かった」

「そんなこと……」

「いいや、私が悪い。私は君の心遣いを踏みにじり、衆目の中で屈辱を感じさせた。我ながら愚昧極まりないと自省を……」

「それじゃあ、お互い様ってことで、どうかな？」

「……ああ、そうしてくれるとありがたい」

四十七とちなみの和解を聞いて、教室に漂っていた空気が緩んだ。クラスメイトたちも問題が丸く収まってくれたようで安心しているようだ。

琉花がさっぱりした気持ちで自分の席に戻っていくと、ひなるとめいりが黙って拳（こぶし）を出してきた。

琉花も黙って拳を出し、ふたりの拳にがちっと合わせた。


琉花は週に二、三回『ビアンコ』という喫茶店でアルバイトをしていた。

学校から近くて給仕服がかっこいい。そんな雑な理由で選んだバイト先だったが、店主夫婦や店員たちと気が合い、比較的楽しいバイト生活を続けられていた。

「おまちどでーす」

無精髭（ぶしょうひげ）を生やした中年男の前にエスプレッソとタルトケーキを置く。

接客の口調が軽めなのは店主夫婦の『個性を活かす』という方針に則（のっと）ったものだ。琉花としては楽なので助かるが、それでいいのか、と思うこともあった。

「ごゆっくりどぞー」

笑顔をつくって男性客に小さく頭を下げる。働き始めて約一年。この動作にも慣れたものだ。

客から離れ、店に備わった振り子時計を見ると、休憩時間に突入していることに気づいた。

「休憩入りやーす」

カウンター内の店長（マスター）に声をかけると、すっとアイスコーヒーを出してきた。休憩時間に飲め、ということらしい。礼を言ってそれを受け取り、スタッフルームのドアを開く。

スタッフルームの小さなテーブルに細身の女性が突っ伏していた。

「ときわさん。おつっす」

「あ……琉花さん……お疲れ様です……」

琉花の同僚、八木（やぎ）ときわは顔をあげると、ずれた眼鏡（めがね）を直して微笑（ほほえ）んだ。彼女の前にはタブレットとスタイラスペンが置かれている。

「あれ、もしかして漫画描いてるんすか？」

「そうです……ふふ、漫画を……描いています……バイト先で……ふ、ふふ……」

危ない笑いを漏（も）らす眼鏡美人を眺めつつ、琉花はその正面に座った。

ときわは大学で漫画サークルに入っており、数ヶ月に一度の頻度でイベントに出すための漫画を描いていた。それはつまり、普段は家で作業していると言っていたのに、今は休憩時間をそれに割いているようだ。

「あーと、ときわさん」

「は、はい」

「シンチョクどうで……」

「ひぃえっ」

ときわが体をのけぞらせる。詳細は不明だが、かなり追い詰められているらしい。

ときわさんにはいつも仕事で助けてもらってるし、これは恩返しチャンスかも。

琉花はアイスコーヒーを一口すすった後、ときわを見つめて言った。

「なんかあたしにできることってあります？」

「る、琉花さん……いいんですか……？」

「当たり前じゃないっすか。ときわさんにはいつもお世話になってるし」

「えんじぇる……」

ときわは眼鏡の奥の瞳を潤ませると、ところどころ跳ねた髪をぎゅっと握って、

「じ、実は、漫画のアイデアが全然出てこなくて……なので、申し訳ないのですが……琉花さんの高校のお話をお願いしたいです……」

「あー、いつバナっすね。りょっす」

ときわは漫画の資料と称して高校の話を聞いてくることがあった。

ときわと話すことは楽しいし、報酬として漫画やケーキをもらえることもあるので、琉花としては喜んで協力したかった。ちょい前までときわさんも高校生だったのに高校の話する意味はあんのかな？　という疑問はあるが、聞こうとすると寂しそうな顔するのでうかつに聞くことはできなかった。

それにこっちだってあの子のことについて話したい気分だったし。

「一昨日、クラスに新しい子が来たんすよ」

「新しい子……転校生ですか？」

「や、テンコーじゃなくて復学。よく知んないけど、休学してたらしくて」

「休学……なるほど……」

相槌をうつときわの目に光が宿った。琉花の話に興味を惹かれているらしい。

「んで、その子が目も髪も銀色でハデハデで。しかもそれが生まれつきらしくって。なんか、すごいっつーか。かっこいーっつーか……あ、あと、ずっと黒い手袋してて、嘘を見抜けて、そんでもって超美人で……とにかくマジですごいんすよ」

琉花が反応を待つと、ときわは、属性過多ですね、と呟いた。

「ゾクセーカタ？」

「ぞ、属性過多というのは、その人が持っている要素が多いということで……例えば琉花さんだと、明るい髪だとか、女子高生だとか、ギャ、ギャルとか……」

「あー、確かにあの子はゾクセーカタっすね。ピアスとかガンガンつけてるし」

「ま、まだあるんですね……」

クリエイティブな部分を刺激されているのか、ときわの声はうわずっていた。

「き、きっとその方にはまだ秘密がありますよ……」

「ひみつ？」

「裏社会で生きてきた暗殺者とか。小国のお姫様とか。異世界からやってきた女騎士だとか……き、きっと彼女を取り合って俺様系美男子とか王子様系美男子が争っていたに違いありませんよ……！」

ときわの声がどんどん大きくなっていく。トランス状態に陥っているのか、その目は焦点が合っていない。

この状態のときわも嫌いではないが、店としてはこの大声は問題になる。そう思って琉花が注意しようとすると、ときわは我を取り戻したように空咳をした。

「ま、まあ誰しも秘密があるということです」

「はあ……そんなもんすかね？」

「そうですよ」

ときわの話を聞きながら、琉花は昨日の更衣室でのことを思い出していた。

あの時の四十七は『私は近づいた理由を聞き出して、やめたほうがよいと伝えたかった』と言っていた。ときわの言う通り、彼女が明かすことのできない大きな秘密を持っていることは間違いない。

だからといって、暴く気はまったくないが。

午後九時。アルバイトを終えて帰路につく。

街灯の点いた夜道を歩きながらカーブミラーを見上げると、少し離れたところに大柄な人影が見えた。

『ビアンコ』を出てから数分間、あの人影は一定の距離を取って琉花についてきていた。何度か角を曲がったり、コンビニで時間を潰したりしたが、あの人影が消えることはなかった。

やっべ～～～～！　ストーカーじゃ～～～ん！

男につけられた経験は何度もあるが、何度されても身の毛がよだつ。なんであんなことをするのか意味がわからない。闇に紛れて人の後ろをつけてなにをするつもりなのか。

怖気を感じつつ、琉花は頭を働かせる。

このまま素直に帰ればストーカーに住所を知られてしまう。そうなれば琉花だけでなく涼子にも危険が及ぶだろう。それは絶対に避けなければならないことだ。

だが、この場で通報しても警察が来る間にストーカーは逃げてしまうし、駆けつけてきた警察からは、夜に出歩くな、とか、派手な格好してるからだ、と説教されるだけだ。

琉花はスマートフォンを取り出し、通話相手のいない通話口に話しかけた。

「あ、お母さん？　あたしあたし」

『誰かと連絡を取っている』という状況をつくり、ストーカーが引くことを期待する。

本当に誰かと通話できればいいが、涼子はまだ仕事中だし、ひなるやめいりも反応がなかったので通話相手なしでいくしかない。そもそも『誰かと連絡を取っている』というのはストーカー対策として上策ではないが、今はこれしか手段がない。

「んー、今から帰るけど、なんか買ってきて欲しーもんある？　あ、ない？　おっけおっけ。りょーかいっす……」

角を曲がる時に目を横に滑らせると、自販機のそばに無精髭を生やした男が立っていた。口元ににやつきを浮かべ、虚ろな目で琉花を見つめている。

そっすか。ロックオン完了っすか。

「んじゃ……ガンダで帰るわ」

スマートフォンをスクールバッグに入れる。結局最後に頼れるのは自分の足だ。

琉花がダッシュのために足に力を入れた時、

「うわあああああああっ！」

後ろから野太い絶叫が聞こえた。

振り向くと、ストーカー男がうつ伏せに倒れていた。

男の動きを封じるように、体の上に黒いなにかが覆い被さっている。人のように見えるが、頭部や腕部が奇妙に曲がっていて、人と断定することができない。その黒い塊は自販機の灯りに照らされると、粘土のような表皮を琉花の目に届けた。

あ、そーいうプレイ？

きっとあれはボンデージスーツというものだ。見るのは初めてだが、そういう行為をする際に身につける服だということは知っている。

どんな性的嗜好も尊重するが、許容とはまた別の話だ。見えないところでやって欲しい。

琉花が呆れていると、再び男の絶叫が聞こえた。

「たすっ、助けてぇ！」

琉花はスクールバッグを投げていた。

黒々しさに反して重さはあまりないらしく、スクールバッグが直撃した黒い塊はぐらりとよろけて男の上から転げ落ちた。男を逃がすなら今だ。

「おっちゃん！　ガンダ！」

「が、が、ががが？」

「ガンダッシュ！　走って！」

琉花の叫びに反応して、男はよろけながら黒い塊から距離を取ると、琉花がいる道とは逆方向に走っていった。

黒い塊は男を追いかけるわけでもなく、その場でじっと固まっていた。顔らしき部分をそばに落ちた琉花のスクールバッグに向けている。

やべ。おっちゃんに通報頼めばよかった。

「あーと……邪魔したのは悪かったんすけどー……あたしもあーいうの見せられると困るっつーか……ハードなやつは家ん中でしてくんないかなと思うわけで……」

琉花が手のひらを向けながら後ずさりしていると、口笛のような短い音とともにスクールバッグが宙に舞い上がり、そのシルエットがふたつに分かれた。

開腹されたスクールバッグから、教科書、体操服、メイクポーチ、スマートフォンなどがこぼれ落ち、アスファルトに叩きつけられていく。

「は……？　え……？」

琉花がその様子を呆然と眺めていると、黒い塊はスクールバッグを切り裂いた細長いなにかをこちらに向けてきた。

「ちょ、それはシャレにならんて……」

逃げろ、と本能が言っていたが、道路に転がるメイクポーチや財布を見ていると、なかなか足が動かなかった。あのポーチにはめいりとひなるから誕プレでもらったコスメが入っているし、あの財布はバイト代を奮発して買ったものだ。気軽に見放すことはできない。

命か金か。選ばなければいけない。

「ごめん！　今は命！」

叫びとともに足を翻す。

この近くに交番はない。通報しようにもスマートフォンはスクールバッグに入れて投げつけてしまった。どこかの家に駆け込みたいが、このあたりにはマンションが多く、簡単に入ることができない。

あたし、運悪すぎじゃね？

授業とアルバイトで疲れた体に鞭打って懸命に走っていると、真横に黒い塊が現れた。

「え……？」

それを眼前にして、琉花は戦慄した。

顔にあたる部分はマネキンのようにつるりとしていて、体から伸びた刃は腕と一体化していた。内臓が詰まってないのか、腰は腕ほどの細さになっており、足は四本も生えている。

怪物。

この黒い塊にはその言葉が相応しい。

目の前から発される死の気配に精神が揺さぶられる。自分はただの高校生。こんな怪物を相手にできるわけがない。だからといって、死にたくない。

「た、たすけ……」

わずかな望みにかけて大口を開くと——空にひとつの黒点が生まれた。

その点はまたたく間に大きくなり、人の形をとると、琉花の背後に着地し、激しい金属音と衝撃を発生させた。

足をもつれさせながら振り返ると、ロングコートを羽織った人物が琉花と黒い塊の間に立っていた。フードを被っているため人相はわからないが、その手に持った銀色の槍と体から放たれる銀色の光は意識せずとも目に入ってきた。

「間に合った」

どこかで聞いた覚えがある、冬の空気のような声。

フードの隙間から銀髪が見えている。緊張状態の琉花でさえ、このロングコートの人物が誰なのかすぐに察することができた。

「四十七さん……？」

琉花が尋ねると、ロングコートの人物が固まった。

あまりにもわかりやすい反応。この人物は間違いなく四十七銀華だ。

「な、なんでここに……」

「後で説明する。そこから動くな」

そう言った直後、四十七は黒い塊に回し蹴り（まわしげり）を繰り出した。

四十七の攻撃を受け、黒い塊が反発する磁石のように吹き飛んでいく。近くの塀に衝突した黒い塊に対して、四十七は銀色の光を放ちながら距離を詰めていき、

「ハアアアアッ！」

勢いよく銀槍（ぎんそう）を振り下ろした。

黒い塊の腕部が切断され、地面にぼとりと落ちる。

「ひわっ……」

琉花の口から悲鳴が漏れる。

あの黒い塊がどういうものなのかわからないが、生物には違いない。それを四十七は躊躇なく切り捨てた。怪物の危険性や彼女が琉花を守ってくれていることはわかっていても、残酷さを感じる心は止められず……、

「え……？」

切り落とされた腕に奇妙な変化が訪れた。

粘土のようだった肌からハリが失われ、葉脈のような細かいヒビが刻まれていく。表面に小さなブツブツが浮かび上がると、性質自体が砂のように変わり、やがてほろほろと形を崩していった。

ど、どういう仕組みなん……？

混乱する琉花の前で四十七と黒い塊の戦闘は続く。

黒い塊は残った腕を刃に変えると、がむしゃらな攻撃を四十七に放った。四十七はそれをダンスでもするように難なく避けきると、黒い塊の懐に潜り込み、

「消し飛べっ！」

叫びとともに銀槍を下方から跳ね上げた。

黒い塊は胴体を斜めに切断されると、糸の切れた人形のように脱力して動きを止めた。その体は先程落とされた腕と同じように黒い砂に変化していく。

突如として訪れた静寂の中、銀色美少女の声が響く。

「眷属相手に手間取るとは……私も鈍ったか……」

不満そうに呟くと、四十七は黒砂を長い足で蹴散らした。

戦闘終了。戦いは四十七の勝利で終わったらしい。

「バトルアニメじゃん……」

目の前で繰り広げられた非現実的な光景に対して、琉花はそう呟くしかなかった。

琉花が半ば思考を放棄していると、四十七が近づいてきた。

「盛黄。負傷はないか？」

その姿は激しい戦闘を繰り広げたとは思えないほどいつもの四十七銀華で。だからこそ寒気を感じた。なぜこの異常事態の中で平静を保てるのか。

琉花は黒い砂を指差し、無理矢理口を開いた。

「ころ……こ、殺したん？」

「いや、殺害したわけではない。滅却したんだ」

「メッキャ……な、なにが違って……」

「人ではない。ということだ。今の怪物の正体は、これだ」

四十七が黒砂を蹴ると、毛むくじゃらの小さなものが転がり出た。

ネズミの死体だった。

ますます怖いっつの！

驚愕がスイッチとなったのか、琉花の頭が運動を再開する。

なぜネズミがあんな姿になったのか。なぜ四十七はそんなことを知っているのか。どうして
この場にいきなり現れたのか。銀色の槍や銀色の光はなんなのか。

時間が経つとともに四十七に対しての疑念が膨れていく。

「四十七さんって……なんなん？」

結局のところ、それが一番聞きたいことだった。

「私はヴァン……、いや」

四十七は少し言いよどんでから、難しい表情を浮かべて言い直した。

「私は元、ヴァンパイアハンターだ」

はっきりと言い切った四十七を見て、琉花の脳裏にときわの声が蘇った。

——誰しも秘密があるということです。

元ヴァンパイアハンター。

これが四十七銀華の秘密らしい。

「……マジ？」

スマートフォンに通知が入った時、まず見間違いを疑った。

もしこの通知が真実だった場合、自分たちは致命的なミスをしていたことになる。それはありえないことだし、認められることではない。

しかし、どれだけまばたきをしても通知が消えることはなかった。指を伸ばしてアプリを起動すると、マップ上にオレンジ色の光点が浮かんだ。

これは見間違いではない。

食べかけの食事をそのままにして自室へ向かう。クローゼットからロングコートを取り出すと、それを身にまとい、ベランダから外に飛び出した。

意識を集中させ、足裏から銀色の粒子——祓気(ふつき)——を放射する。

空中で体勢を整え、銀華(ぎんか)は祓気を足場にして夜空を駆け始めた。目指すはオレンジ点が表示されている場所。スマートフォンをチェックしながら、目的地へ疾走する。

そんなはずはない、という気持ちが拭えない。

自分たちはやり遂げた。あのおぞましい怪物たちと血みどろの戦いを繰り広げ、あらゆる方

法を使ってやつらを探し、最後に勝利をつかみ取った。

これは単なるアプリの誤作動であり、それ以外の何事でもない。

そんな望みにも似た考えは、すぐに砕け散った。

銀華が目的地に到着した時、ひとりの少女が眷属に襲われていた。

即座に介入し、眷属を滅却したが、あと数秒遅ければこの少女――盛黄琉花は眷属の爪によって斬り裂かれていただろう。

寸前で間に合ったとはいえ自分の責任は重い。なにを平和ボケしていたのか。数ヶ月前の自分が見ていれば『弛んでいる』と一喝することは間違いない。

しかし、なぜここに眷属がいるのか。

眷属を生み出せる者たちはすでにいない。孤立した眷属が自力で生き残れる可能性もかぎりなく低いはずだ。まさか自然発生したとでもいうのだろうか。そうだとすれば、自分たちはどのような対策を取るべきだろうか……。

後ずさりする音が聞こえて、考えを止める。

盛黄琉花が怯えた表情を浮かべてこちらを見ていた。眷属に襲われたことや先程の戦闘を見たことでショックを受けているらしい。眷属が出現した理由は気になるが、この場は彼女の心的ケアを優先させるべきだ。

銀華は一息ついてから、自分の事情――ヴァンパイアハンターについて話すことにした。

◆　◆　◆

自販機で購入したペットボトルを唇に押しつけ、喉(のど)に水を流し込むと、疲労で熱くなった体が急速に冷えていった。

「ぷはっ……潤うわ～……」

ペットボトルから口を離し、太ももを揉(も)みしだきながら横を見ると、フードを外した四十七(しじゅうなな)がこちらを見守るように立っていた。

月明かりの下でロングコートを身にまとう銀髪の美少女。アニメのコスプレのようにも見えるが、四十七銀華には妙に似合っている。

彼女は琉花の視線に気がつくと、尋ねるように言った。

「落ち着いたか？」

「ぜんっぜんっ！」

体は冷えても心臓はまだバクバクしているし、汗なんて今のほうが出ている。

あの黒い塊はなんなのか。元ヴァンパイアハンターとはなんなのか。さっきまで手にしていた槍がなくなっているのはどういうことなのか。

命を救ってくれたことには感謝しているが、震える体が四十七に説明を求めている。

「ヴァンパイアって、漫画とか映画に出てくるやつ……でいーんすよね？」

琉花の質問に、四十七は静かに頷（うなず）いた。

「そうだ。吸血鬼やノスフェラトゥ、ナイトウォーカー、グールという別名もある」

「ヴァンパイアハンターってのは……？」

「それらを退治する人々のことだ。狩人とも言う」

冗談のような内容を真面目（まじめ）な調子で話す四十七に、琉花は苦笑いを浮かべてしまった。

ヴァンパイアにヴァンパイアハンター。

漫画やドラマでしか聞いたことがない単語。そんなものが実在するなんて簡単に受け入れることはできない。自分の持っていた常識がひっくり返ってしまう。

だが、実際に自分は怪物に襲われた。

その脅威から助けてくれた人物が『いる』と言っているのだ。それならば、

「よし、よし……決めた」

「決めるとは、なにを？」

「ヴァンパイアはいる。四十七さんはヴァンパイアハンター。オールりょーかいっす」

琉花が四十七への信頼ゲージを一気にマックスまで引き上げると、四十七は形のいい眉毛（まゆげ）を歪（ゆが）ませた。

「本当に信じているのか？」

「もちっすよ。命の恩人の言葉なんだから、信じないわけにはいかないし……あ、つか、四十七さんって嘘がわかるんだし、ほれ、あたしの顔見て、顔」

「ほ、本当に信じている……」

なぜか困惑している四十七を放置して、琉花はスクールバッグの中身を拾い集めることにした。アスファルトに叩きつけられたが、幸いどれも壊れてはいないようだった。

スマートフォンを拾い上げる時、ネズミの死骸が見えた。腹部を切り裂かれ、臓物がはみ出ている。

「つか、ヴァンパイアってネズミなんすね。初めて知ったわ」

琉花が死骸のグロテスクさにげんなりしていると、四十七は、いや、と言った。

「これはヴァンパイアではない」

「え……じゃ、なにこれ？」

「これは眷属というものだ。ヴァンパイアが小動物や昆虫に血液を注入して作り出す怪物で……配下のようなものだ」

「なーほー……じゃ、実際のヴァンパイアってどんなんなん？　やっぱかっけー感じ？」

琉花が聞くと、四十七は口をムッとさせた。

「ヴァンパイアが美形であるというのはフィクションのイメージだ。実際のヴァンパイアは悪辣で姑息。人類にとって害しかなさない害獣以下の存在だ」

「ア、アクラツでコソク……」

「人を襲って血肉を奪い、世界の秩序を破壊することに快楽を見出す。同胞に仲間意識を感じることはなく、社会に被害を撒き散らすためだけに生きる連中……やつらは文字通りの人でなしどもだ」

四十七の口調は刺々しかった。ヴァンパイアハンターの活動で培ったヴァンパイアへの気持ちが噴き出ているらしく、表情も険しかった。

怒りに呼応するように、彼女の銀髪がふわりと浮かび、体の周りに綿毛のような銀色の光が浮かび始めた。

「ちょちょ、なんか漏れてんすけど」

「すまない……高ぶってしまった」

四十七の光がだんだん静まっていく。割りと簡単にオンオフできるらしい。

「つか、それなに？　その銀色のきらきら」

「これか。これは……」

四十七は少したためらった後、手のひらに銀色の光球を出現させた。

「これは祓気だ。エキソフォースとも言って、この力があることで私たちは身体能力を向上させ、空気中から武器を生成できる。この力がなければ私たちはヴァンパイアと戦うことはできなかっただろう」

街灯の明るさを凌ぐほどの光は、四十七の指の隙間をこぼれ落ちると、流れ星のように消えていった。その光景は神秘的で、琉花はしばらく目を離すことができなかった。

「もう使う機会はないと思っていたんだが……」

その呟きに引っ掛かりを覚える。

祓気についてはまだよくわからないが、四十七が空から来たり、銀色の槍を作れたりするのは祓気の力によるものだろう。そんな便利な能力を『もう使う機会はないと思っていた』とはどういうことなのか。そもそも『元』ヴァンパイアハンターとはどういう意味なのか。

「あんさー、さっき元ヴァンパイアハンターっつってたけど、引退でもしたん？」

琉花が軽い気持ちで聞いてみると、四十七は答えにくそうに表情を歪ませた。

「引退ではなく、不要になったんだ」

「フヨーっていらないってことだっけ？　なんで？」

「すでにヴァンパイアは一体もいない……からだ……」

「あーね。そーいう………ん？　あれ？」

引っ掛かりが膨れ上がり、琉花の頭を悩ませた。

眷属はヴァンパイアによって生み出されると四十七は言っていた。製造元であるヴァンパイアがいないというのに、なぜ眷属が出現したのだろうか。

琉花にもわかる不自然さを放置して、四十七は気まずそうに話し始めた。

「半年前、狩人同盟……ヴァンパイアハンターの組織は、世界規模の殲滅戦(せんめつせん)を計画した。そして数ヶ月間の戦いの末、最後のヴァンパイア、アルベルト・フォン・ディッタースドルフを討伐し、私たちは世界からヴァンパイアを撲滅した」

「ぼくめつ……」

琉花の呟きを抗議ととらえたのか、四十七は悔しげに言った。

「ああ、私もおかしいと思っている。眷属がいるということはヴァンパイアがいるということ。つまりそれは、ヴァンパイアが絶滅していないことでもある……狩人同盟の調査が間違っていたのか。サーチアプリに引っかからない能力を持ったヴァンパイアがいるのか……」

そこで四十七はフードをかぶり直すと、琉花に背中を向けた。

「とにかく、盛黄には話すことがまだまだある。私の背に乗ってくれ」

「背に乗るって……おんぶ的な？」

四十七が無言で頷くのを見て、スクールバッグの残骸がこぼれないように注意しつつ、その背中にしがみつく。彼女のロングコートからは土と鉄の匂(にお)いがした。

「祓気を使って私の家まで飛ぶ。口を閉じていてくれ」

「ん？　飛ぶってどゆ………………ごおうっ！」

急な衝撃が首にかかる。反射的に目を閉じると、内蔵がせり上がるような感覚が訪れた。強い風が頬(ほお)を撫(な)で、髪が後ろになびいている。

目を薄く開くと、眼下に町が広がっていた。

あー、飛ぶってこーいうことね…………先に言ってよ超コエーよ！

「ヴァンパイアは人の血と肉を食糧とする種族だ。

強靭な膂力、再生力、不老といってもいいほどの寿命を持ち、中には発火現象や瞬間移動といった超自然的な能力を持つ個体もいた。

だからといって、けしてやつらは人類の上位存在ではない。日に当たれば苦しみ悶え、十字架や仏像といった宗教用具に忌避感を覚える。もちろん、祓気にも弱い。

しかし、やつらと人間を決定的に違えているのは能力や弱点ではなく、その思考……殺人への抵抗がないことだ。

ヴァンパイアにとって人間は捕食対象。いちいち罪悪感を覚えていたら自分が生きることができないというわけだ。そして、そういった生活を続けているうちに、やつらは殺人行為自体を楽しむようになる。元は同族だというのに、だ。

……ああ、そうだ。やつらは人間から変異する。

多くの創作物で描かれるように、ヴァンパイアの血液を注入された人間はヴァンパイアに変異する。肉体や脳が変質し、人の血肉を欲するようになる……だが、血液を注入されたからといって誰でもヴァンパイアになるわけではないし、変異中であれば祓気や投薬によって治療もできる。

警察などの国家権力もヴァンパイアの存在は知っているが、専門の訓練を受けていない人間ではやつらと戦うことができないため、戦闘は我々に任せ、彼らには社会への混乱を防ぐための情報操作に専念してもらっている。

ここまでがヴァンパイアについての概要だが、理解できただろうか。私も説明が得意ではないので、わかりにくかったかもしれないが、どうだ？
ム、盛黄？　返事がないが、大丈…………あ、気絶している…………」

道中で脳と三半規管を揺さぶられ続け、目的地であるマンションに到着した頃、琉花はすっかりへとへとになっていた。

腹を押さえながらマンションエントランスに入り、エレベーターの端で座り込み、よたよたと七階で降りる。内通路のドアのひとつに四十七がセキュリティカードをかざすと、ロックの外れる音が聞こえた。

四十七に続いて部屋に入る。靴を脱いで廊下を進み、リビングらしき薄暗い空間に入ったところで、琉花はその場にへたりこんだ。

「も……げ、げ、げ……限界っしゅ……」

気分が悪い。地面が揺れている。太ももが悪寒に包まれている。気をつけていないと喉から変なものが出てきそうだ。

「水を用意する。そのあたりで休んでいてくれ」

四十七が電気をつけると、近くに柔らかそうなソファが見えた。這いずるように近づき、ソファの足元に体を預けた。

四十七家のリビングはかなり広く、ドアが五つもついていた。高級そうな家具たちは落ち着いたトーンでまとめられていて、生活感が薄い印象を受ける。家族が住んでいるようには見えない。もしかするとひとり暮らしなのだろうか。

「ほら、飲むといい」

オープンキッチンから出てきた四十七からコップを受け取る。つい数分前ペットボトルを飲み干したのに、琉花の喉はからからになっていた。

「あじゃっす……」

水を飲んでも気持ち悪さは変わらなかったが、心遣いが嬉しかった。

琉花がコップを揺らしていると、四十七がうかがうように言った。

「それで、ヴァンパイアについて理解はできたか?」

マンションへの道中、琉花は四十七からヴァンパイアの説明を聞いた。

ヴァンパイアを題材にした漫画やドラマをいくつか見たことがあるし、四十七を信頼すると決めたので、その事実はすんなり飲み込むことができた……人力フリーフォール中に聞かされたくはなかったが。

　琉花は先程の話を思い出しながら、

「ヴァンパイアってやっぱ元人間……なんすよね？」

「そうだ。だが、やつらとの共存は不可能だ」

　段階を踏んで聞こうとしていたことの答えを先に言われ、琉花の口が閉ざされた。

　元人間で言葉が通じるならば、共存できたのではないか。

　そう聞こうと思っていたが、四十七の氷のように冷たい表情を前にして、琉花は質問をする意志を失った。

「やつらは一定期間食事を取らなければ、強烈な吸血衝動と殺人衝動に取り憑かれる。人を殺さずにはいられなくなる、ということだ……そんな種族と共存などできるわけがない」

　四十七はそこで一度言葉を切り、息を吐いてから話を続ける。

「狩人同盟もヴァンパイアとの共存を目指したことはある。投薬や手術、非人道的な手段も試みたらしい……そのすべては失敗に終わり、今はそれを試す必要すらなくなった」

　――ヴァンパイアは滅びたのだから。

　四十七は続きの言葉を噛み潰した。

　彼女が所属していた狩人同盟という組織は、ヴァンパイアは絶滅したと言っているらしい。

　しかし、それならば琉花を襲ったあの眷属はなんなのだろうか。

四十七は葛藤を払うように首を振った。

「まずは君が襲われた理由を調査しようと思う。準備をするので少し待っていてくれ」

四十七が別の部屋へ消えていくのを見送った後、琉花はよろよろと立ち上がり、髪が乱れるのも気にせずにソファに座った。

「闇ふけぇ～……」

四十七はこれまでヴァンパイアや眷属と戦ってきたらしい。

そんな殺伐とした世界で彼女は一体どういう生活をしていたのか。

平和な世界で生きてきた琉花にとって、それは想像しにくいことだった。

「あー……だから休学してたんだ……」

ヴァンパイア殲滅戦は数ヶ月間続いたらしい。

琉花が友人と遊んでいる時も、琉花が涼子に料理を作っているときも、琉花がバイト先でときわと話しているときも、四十七はずっと戦い続けてきた。本来高校二年生として過ごすべき時間を怪物たちとの戦いに捧げ、勝利をもぎとった。

「すごいな……」

琉花がひとつ年上のクラスメイトに尊敬の念を浮かべていると、その当人が戻ってきた。

片手に平箱を持っている。あれが調査のための準備なのだろうか。

「なにそれ?」

「これは採血キットだ。君の血を採取する」

「な、なんで？」

なぜ血を狙う怪物から救助されたのに、血を取られなければいけないのか。

琉花が首を傾げていると、四十七は無表情のまま言った。

「狩人同盟の研究によって、人の血液には血液型以上の種類があることが解明されている。ヴァンパイアになりやすい血であるとか。ヴァンパイアハンターになりやすい血であるとか。やつらの術に干渉されやすい血であるとか……君の話によると、あの眷属は男性から君に標的を変えたんだろう？　その理由は君の血にある。調査しておいて損はない」

四十七は平箱をテーブルに置くと、中から小さな哺乳器のような道具とクリーム色の紙束を取り出した。おそらくあれらの道具で採血するのだろうが、おもちゃかピアッサーにしか見えない。

「安心してくれ。この器具は国際医療機関お墨付きだ。先から針が出て、真空状態の中身に血が貯まる。吸い取った血をこの紙につけると、血の種類がわかる。簡単だろう？」

「や、刺されんの自体がやなんだけど……」

「今までアルコール消毒でアレルギーが起こったことは？」

「拒否権なしっすか……」

アレルギーがないことを伝えて袖をまくり、ソファの肘掛けに腕を乗せると、逃がさないとばかりに四十七に手首をがしりとつかまれた。

「力を抜いてくれ」

「うぇぇ……」

採血キットからのぞく鈍色(にびいろ)の針を直視できずに琉花が顔をそらすと、

「よし、終わったぞ」

「はやっ！」

顔を戻すと、採血器の下半分が赤くなっており、琉花の腕には止血テープが貼(は)られていた。手際がよすぎる。こういった技術もヴァンパイアとの戦いで培われたのだろうか。

四十七が採血器からクリーム色の紙に血を垂らすと、数秒も経(た)たないうちに変色が始まった。暗めの赤色だった琉花の血は、だんだん明度と彩度を上げていき、目が痛くなるほど鮮やかなビビッドピンクになった。

ひなるが好きそうな色だな、などと思いつつ四十七を見る。

「かなり誘引度が高い……これはテンプテーション・ブラッドだな」

「てんぷら？」

「テンプテーション・ブラッド。日本語では誘引血(ゆういんけつ)と言って、ヴァンパイアを特別寄せつけやすい血だ。やつらはこの血が非常に美味に感じるらしく、この血を持つ者を優先的に狙っていた」

琉花の血はヴァンパイアや眷属を誘引しやすい特殊な血であるらしい。眷属がストーカー男から琉花に標的を変えたのは、四十七の推測通り琉花の血が原因ということだ。

「ってことは、ヴァンパイアに狙われやすい血ってだけ？」

気になったことを聞いてみると、四十七は気まずそうに目をそらした。

「いや、それだけではないが……」

「教えてよ。自分の血なんだから、一応知っときたいし」

「しかし、これはくだらない偏見であるから……」

「いいからー」

琉花が答えを催促すると、四十七は言いにくそうに言った。

「その……テンプテーション・ブラッドは……多淫（たいん）の者に多いと言われていて……」

「タインってなに？」

「性欲が強いということだ」

「……エロじゃん」

「……エロだ」

琉花はしばらく四十七と複雑な表情で見つめ合った。

ストーカーされて、怪物に襲われて、血ぃ取られて、エロ呼ばわりされるって……今日のあたしかわいそすぎんか？

今夜の事件については四十七が引き続き調査するということになり、琉花はひとまず帰宅することになった。

テンプテーション・ブラッドの影響でヴァンパイアや眷属に襲われる危険が高いということで、家まで四十七が送ってくれることになった。マンションから出る時、空中移動を勧められたが、二度としたくなかったので徒歩での帰宅だ。

「盛黄。しつこいようだが今夜のことは他言無用だ。わかったか？」

隣を歩く四十七に言われ、琉花はうんざりしながら頷きを返す。

「そんなに言わなくてもわかってるって。あたし、こー見えても口堅いんすから」

「口が堅い……本当か……？」

「マジマジ。秘密破ったら針千本飲んでいーっすよ」

「あんなに注射針を苦手そうにしていたのに……？」

そんな会話をしているうちに盛黄家が見えてきた。四十七のマンションとはまったく違う一軒家。けして立派ではないが、安心感漂う自分の家。

帰ってきたという実感が湧いてきて、琉花の肩から力が抜けていく。

「では、また学校で」

「あ、うん。また学校で」

別れの挨拶をして引き戸を開く。

送ってくれたことの礼を言い忘れたことに気づいて振り返ると、すでに四十七の姿は消えていた。

誰もいない家に上がり、紙袋片手にスマートフォンを取り出す。

「無理矢理アプリいれられたけど……これ、役に立つんかなー……」

帰路の途中で琉花は四十七にあるアプリを登録させられた。

ヴァンパイアサーチアプリ。狩人同盟が開発したアプリケーションで、付近にヴァンパイアなどが出現するとマップ上の光点で教えてくれるらしい。ヴァンパイアは赤点、眷属はオレンジ点、祓気発動中のヴァンパイアハンターは青点で表示されるらしい……今のところは表示も通知もなにも反応がない。

「んま、恩人の言うことは素直に聞いとくか……」

色々思うことはあるものの、四十七が助けてくれたことは事実だ。その四十七が言っているのだから、多少の面倒くささは我慢するべきだろう。

自室に入り、豹柄ベッドの上で紙袋を逆さにすると、ずたずたになったスクールバッグとともに四十七から渡されたヴァンパイア対策グッズが落ちていった。UVライト、防犯ベル、ニンニクチップス、銀の粉末が入った小瓶……。

ベッドから銀の粉末が入った小瓶を持ち上げる。この粉末は『聖銀の粉』といって、祓気が込もった銀粉らしい。小瓶ごとヴァンパイアや眷属に投げつけると容器が破裂し、ダメージを与えることができるのだとか。

できれば使う時はこないで欲しい、などと考えながら小瓶を上に掲げる。

「きれーだなー……」

電灯が小瓶を貫き、銀色のきらめきを琉花の目に落とす。

四十七の髪や瞳を連想させる美しい輝きにしばし見とれて——あることを思いついた。

「これなら、あれができるんじゃね……？　あだっ」

小瓶が手から滑って額にぶつかった。

尖った部分が当たったせいで額が赤くなってしまったが、琉花の口から笑みを奪うことはできなかった。

「んでさ、あいつ浮気してたわけ」

めいりが不機嫌な声を出したのは、朝のホームルーム前のことだった。

「ちょっと怪しいと思ったから詰めてみたら、むしろ浮気相手はお前だ、とか、遊びに決まってんだろ、とか、ヤラせもしねえのに偉ぶんなよ、とか言いやがって。ビンタしたらネイルチップぶっ飛んで。最悪。最悪中の最悪」

めいりの言う『あいつ』とは、読者モデルの仕事で知り合った大学生のことだろう。やはり琉花とひなるの嫌な予感はあたったようだ。

「つーわけで、琉花。甘えさせて」

「おー、よしよし大変だったねえ」

しなだれかかってくるめいりを受け止めて、肩をぽんぽんと叩いていると、ひなるが疲れた声で言った。

「た、大変なのはこっちだなも……昨日は早く寝る気だったのに……」

メイクで巧妙に隠しているが、ひなるの目の下にはクマが薄っすらと見える。昨晩遅くまでめいりの愚痴通話につきあわされたらしい。

「だって、琉花が出てくんなかったんだからしょうがないでしょ」

「あー……んじゃ、るかちんが悪いね……」

「え、あたしのせいなのこれ」

友人たちの理不尽な意見に琉花が反論しかけた時、教室のざわめきが静かになった。

三日目になると考えなくともわかる。四十七銀華が登校してきたのだ。

「ひなー、めいパス」

「え、やだ。フツーに困る……うぎゃー！　暑苦しいも！」

ひなるにめいりを押し付けて立ち上がり、琉花は四十七に近づいていった。

四十七の表情は昨日となにも変わらなかった。崩れることは絶対にないように思えるクールフェイス。

「はよっす。四十七さん」

「ああ、盛黄。おはよう」

四十七がスクールバッグから教科書を取り出して机の上に置いていく。教科書が真新しいのは、復学する直前に購入したということだろうか。

琉花は手を丸めると、四十七の眼前に突き出した。

「じゃーん、これどーすか」

四十七の動きが止まり、その顔に戸惑いが浮かんだ。

「どうとは、なにが？」

「ネイル、ネイル」

「ねいる……爪……？」

四十七は落ち着いた目で琉花の爪を見つめて、

「まさか……！」

それに気がつくと、顔をこわばらせた。

「き、君……聖銀の粉を爪に塗ったのか……!?」

「うん。いー感じにできてるっしょ。ぎゃお～」

怪獣の鳴き真似とともに手を前後に動かすと、四十七の銀色の瞳に銀色のネイルが映り込んだ。

昨夜、聖銀の粉をネイルにすることを思いついた琉花は、手持ちのジェルとUVライトを駆使して銀ラメネイルをつくりだした。めいりからのメッセージが聞こえないほどの集中力で作業を続け、見事完成させた時は拳を握りしめたものだが……、

「あれ、なんかまずった？」

四十七の反応を見る限り、褒められた行動ではない気がしてくる。

「いや、まずくはないが……そうか……敵に投擲するよりも体に塗布したほうが一般人にとっては護身になる、か……しかし、前例がないし……」

四十七は悩ましそうな表情でひとりごとを言っている。

目周りにも塗ったたって言ったらキレっかな？

琉花が様子を見守っていると、四十七は空気が抜けたように微笑んだ。

「まあ、君らしいな……」

その表情は聖母のように優しく、琉花は思わず見とれてしまった。

やっぱり顔がよすぎるなこの人。

「だが、次にそういうことをする時は事前に連絡してくれ。おかしな効果が出たら君が困ることになる」

「そーだね。りょっす」

「そろそろ授業が始まる。座席に戻ったほうがいい」

「あ、ほんとだ。んじゃね」

指をひらひら振って四十七から離れ、自分の席に戻ると、目を丸くしているひなるとめいりに遭遇した。

「なにその変な顔。どした？」

「いや、どしたのはこっちのセリフっつうか……」

「四十七さんとなにがあったも？」

ひなるに聞かれ、昨晩のことを思い返す。

帰宅中、ストーカーに会い、ヴァンパイアの眷属に襲われ、四十七銀華に助けられた。

琉花としては命の恩人である四十七の活躍は積極的に広めていきたかったが、彼女との他言無用の約束もある。

本来言おうとした言葉をぐっと飲み込み、琉花は口角をくいっと上げて、

「いー女には秘密があるもんなんだぜ」

キメ顔でふたりに微笑みを向けた。

「「うざっ」」

ひどくね？

四章 履歴書こそ金髪で

一晩経(た)っても答えは出なかった。

なぜ眷属(けんぞく)が現れたのか。

ヴァンパイアは絶滅していないのか。

盛黄琉花(もりきるか)にヴァンパイアハンターの情報を開示したことは正しかったのか。

教室の最後方からホワイトブロンドの後頭部を見つめる。机に頬杖(ほおづえ)をつき、眠たそうにしている。昨日の事件のせいで寝付けなかったのだろうか。心配ではあるが、どう励ましていいのかわからないし、そもそも人を励ますことには慣れていない。

盛黄琉花は銀華(ぎんか)が相対したことのないタイプの少女だった。

人に優しく、人を信じやすく、人のトラブルを解決するために積極的に行動する。少々判断が軽いところはあるが、盛黄が善人であることは疑いようがない。

そんな彼女が怪物に襲われた。

この町には自分以外の狩人はいない。狩人同盟には事件の連絡をしたが、返答がくるには少し時間を要するはずだ。

気が引き締まる。この事件は自分だけで解決するしかない。常に気を張り、謎を解明するために全力を尽くすべきだ。

「し、四十七さん？」

顔を上げると、ぎこちない笑いを浮かべた男性が立っていた。

印象の残らない容姿に落ち着いた色のスーツ。下っ端ヴァンパイアが好むような周りに溶け込みやすい格好。もしかすると彼がそうなのだろうか。

「あ、あの……も、問題に……答えて……」

銀華が見つめていると男性は笑いを引っ込め、申し訳なさそうに体を縮めた。

弱者を装って同情を誘うのも下っ端ヴァンパイアが好む手法だ。やつらの卑劣さを思い出すと怒りが漏れ出しそうになる。

「え、ええと……」

男性はうろたえるばかりで、状況を変えるような行動を起こすことはなさそうだった。

それもそうだ。彼はただの数学教師であり、ヴァンパイアではないのだから。

そもそもヴァンパイアが日中に活動できるわけがない。気を引き締めすぎた。

「失礼しました。もう一度ご質問をお願いいたします」

銀華が応えると、数学教師はあからさまにほっとした表情になった。

◆　◆　◆

四十七を昼食に誘おうと琉花が立ち上がった時、教室に彼女の姿はいなかった。

周りを見回すと、同じく中腰になっている速水（はやみ）ちなみと目が合った。琉花が手をひらひら振ると、ちなみは恥ずかしそうに縮こまってすとんと席に座った。

ま、イツメンで食べますか。

琉花がめいりの机にランチバッグを置くと、めいりが不思議そうな表情になった。

「あれ、今日はコーバイ行かないの？」

「あそこいつも混んでっから、しばらくやめてみるかーってひなと話したんよ」

「あー、そーいうこと……で、琉花、それが昼？」

「そだけど？」

琉花が取り出したコンビニおにぎりと紙パックのミルクティーを見て、めいりは険しい顔になった。

「中学時代から思ってたけど……あんた、よく甘いもん飲みながらおにぎり食べれんね」

「え、美味（おい）しいと美味しいで倍美味しいっしょ」

「おばかの掛け算だよそれ」

「掛け算だけは得意なんよ」

めいりのツッコミにドヤ顔を返しつつ、紙パックにストローを突き刺していると、ひなるがピンク色の弁当箱を持ってやってきた。

「ジャマするも〜」

ひなるが弁当箱を開くと、ミニハンバーグやミニコロッケが顔を出した。めいりのサラダづくし弁当とはまったく真逆の内容。流石ダンス部、高カロリーを求めているらしい。

箸を取り出したひなるの前に、琉花はラムネ菓子の容器を置いた。

「るかちん、なんこれ？」

「昨日ひなに飴（あめ）もらったっしょ。それのお返し」

「あ、そーゆーことか。そんならいただくも」

「ん。エンリョなく食べちゃいな」

「うすうす……そんで、るかちん朝からなに隠してんの？」

なにげない言葉に固まる。

ひなるとめいりがじっとこちらを見つめている。不穏な空気が漂っている。

「なんで今日シャズネルのバッグ持ってきてるも？　スクバどしたん？」

「これは……たまには、気分変えたくて……」

「そーいや、琉花、見たことないネイルしてるね。それどこで買った？」

「これっ、これーはー……ネット。ネットで、昨日、あ、いや、一昨日、頼んだ」

琉花がたどたどしく返事をしていると、

「こんなバレバレなことある?」

「琉花は嘘が下手だからね」

こちらの精神性はふたりに把握されているらしい。

やばい。バレる。針千本飲まされる。

琉花が天井に助けを求めていると、

「朝もいきなり四十七さんに会いにいったし、あの人となんかあったでしょ」

めいりが核心をつくようなことを言い出した。

「べ、べべ、別になにも! なにもないっすよ! うん!」

「こりゃ絶対なんかあったね」

「さっさと話して楽になるも」

ふたりが生温い表情で迫ってくる。追い詰めるというよりも、琉花の葛藤を面白がっているようだ。こうなれば、

「うお……おおーっ!」

雄叫びを上げながらおにぎりを口に放り込み、それをミルクティーで流し込む。喉に力を入れて、甘々な味を一気に飲み込んでから、

「トイレェッ!」

琉花は勢いよく立ち上がると、ひなるの腕を弾き飛ばして教室の外に飛び出した。

こうなったら逃げるしかない。

後ろから、お手洗いって言いなー、と聞こえたが無視をした。

教師たちの、走るな、という注意を受け流しながら、廊下を爆走していると、向こう側に銀髪美少女の姿が見えた。

ナイスタイミング！

「四十七さぁーん！」

「……盛黄？」

「緊急事態っす！　ヘルプヘルプ！　ヘールプ！」

琉花が近づいていくと、なぜか四十七は琉花の頭に手を回し、ぎゅっと抱きしめた。

「うぷっ」

豊かな胸に包まれて息が詰まる。なにすんの、と抗議しようとすると、無理矢理姿勢を低くされた。首が痛い。

四十七は素早く周りを見渡すと、体に薄い袯気をまとい始めた。

「どこだ？　どこにいる？」

「ど、どこって、なにが？」

「やつらだ。接敵したんだろう？」

四十七の猛犬のような表情を見て、琉花は気まずさに包まれた。

琉花の救助要請があまりに迫真だったせいで、四十七は琉花がヴァンパイアと出会ったと勘違いしたらしい。

「あーと、四十七さん……そのー……」

琉花が誤解を解く言葉を探していると、四十七がきまりの悪そうな表情を浮かべてゆっくり手を離して言った。

「ヴァンパイアに襲われた……わけではないのか」

「うん……………つか、ヴァンパイアって昼間はいないんじゃなかったっけ」

琉花が昨日聞いた知識を引き出すと、四十七はますますきまり悪そうな顔になった。

「それは、そうだが……では、なにがあったんだ？」

誤解が解けたことに安堵しつつ、琉花は『緊急事態』のことを思い出した。

「それが大変なんすよ！　昨日のことでめいとひなに突っつかれてぇ！」

「もう少し声を抑えてくれ」

「……めいりとひなるに昨日のこと探られて……いつもと違うバッグとか、いつもと違うネイルとか指摘されて……んで、ついさっき気づいたんすけど、あたし、嘘つくのすんごい苦手らしくって……」

「君、昨晩は口が堅いと言っていなかったか？」

「勘違いでしたさーせん！」

琉花が謝罪すると、四十七は呆れ顔を浮かべ、腕を組んで思案し始めた。

「共通のカバーストーリーを考えておいたほうがよかったか……」

「かばーすとーりーってなんすか？」

「本当の事情を隠すためのつくり話だ。任務で新しい町に行った時は、引っ越しや旅行と言ったものだが……ここでは使えないな……ム……」

四十七は昨日の事件を隠すために嘘の話を作ろうとしているらしい。

これならあたしでも協力できそうだ。

「んじゃ、シュミが一緒だったとかどう？」

「君と私の趣味が合うとは思えないが……」

「そーかな？」

琉花が聞くと、四十七は気まずそうに呟いた。

「私たちはお互いのことをよく知らない。下手なカバーストーリーは隙を生む。かえって危険を呼ぶことになるかもしれない」

「なーほー……じゃ、お互いのことはこれから知りまくるっつーことで置いておいて……どーっすっかなー……」

四十七と自分が知り合う経緯はなんだろうか。

お互いのことを知らないのならば偶然出会ったことにするしかない。ただ、その場合も出会った場所が問題となる。

出会った場所について意見を求めようと四十七を見ると、彼女は琉花を不思議なものを見る眼差し(まなざし)で見つめていた。

「ど、どした?」

「いや、そうだな。どうするべきか……」

ごまかすようなその様子は少し気にかかったが、今はカバーストーリー作成を優先するべきだと思って追及はしないことにした。

その後、ふたりは話し合いの末、昨晩のカバーストーリーを作り上げた。

『昨日の夜、琉花がアルバイトの帰り道で転び、スクールバッグが破れてしまった。偶然通りがかった四十七が代わりのバッグを貸してくれたが、その中に海外のネイルの試供品が入っていた。

四十七に連絡したところ、勝手に使ってもいいということだったので、今日は塗ってきて、朝見せびらかした』

無理矢理すぎる気もするけど、今はこれでヨシ!

放課後。琉花は学校を飛び出して『ビアンコ』に向かった。

今日はシフトがない日だったが、授業終わりにマスターから『今日シフトのスタッフが風邪を引いたので、臨時で入れないか』と連絡が来たので出勤することにしたのだ。臨時なので時給も少し上がるらしいし、稼ぎ時だ。

『ビアンコ』に到着し、マスターの礼を聞いてから、スタッフルームで給仕服を身につける。

今日はときわがいないので少し寂しいが、それも仕事だと割り切る。

力を入れすぎでもなく、抜きすぎでもなく、ほどよい調子でホール作業をこなしていると、入店のベルが聞こえた。

「らっしゃせー。何名様すかー?」

くだけた口調で対応すると、男性客はドアのそばで立ち止まり、琉花をじっと見下ろした。

あ、やべ、キレた?

『個性を活かす』という店主夫婦の方針に従い、琉花はいつもの態度で接客しているが、客からすればそんな方針は知ったことではないし、失礼な対応と思っても仕方がない。

さくっと謝っとくか。

そうして琉花が謝罪の言葉を考えていると、

「あ、あのっ……ぼ、僕……」

中年男性は声を詰まらせると、顔を赤くしてうつむいた。

顔や耳に血が上っているが、怒っているようには見えない……恥ずかしがっている？

「ん？　んー……？」

黙っていることをいいことに、相手をじろじろと眺める。

毛の手入れをしていないのか、眉毛（まゆげ）の間が繋（つな）がり、顔のいたるところから無精髭（ぶしょうひげ）が生えている。太った体に身につけたTシャツは襟（えり）がたるみ、色あせたデニムパンツはかなりの年季が入っている。

「あ！　昨日のおっちゃん！」

この男は昨夜、琉花をストーキングしてきた男だ。

眷属の出現や四十七のこともあって忘れかけていたが、この様子を見ると、彼も無傷で逃げ切ることができたようだ。

「やー、お互い無事でよかったっすねー」

琉花が気楽に言うと、中年男が顔をくしゃくしゃに歪（ゆが）ませた。

え、なに？

怯（おび）える琉花の前で中年男が口を開くと、

「ご、ごべん……よ……ぎ、ぎびをおいで、にげぢゃって……」

つぶらな瞳（ひとみ）から涙がぽろぽろとこぼれだした。

大人の泣き顔って怖いな……。

「いやいや、あれはしゃーないっすよ。誰だってビビるって」

ヴァンパイアハンターいわく、ヴァンパイアや眷属は怪物だ。

本業の四十七ならまだしも、一般人が太刀打ちできる存在ではない。そんな相手から逃げ切れただけでもラッキーだ。

「ワケあってなにがあったかは言えないんすけど、あたしは今もバリバリ働けてるし、おっちゃんが悪いわけじゃないし、変に気にするヒツヨーないって」

あ、でもストーカー行為は悪いか。

琉花が別の犯罪について言うべきか迷っていると、

「ぼ、僕……ちゃんっ、ちゃんと就職するからっ！　そ、そしたらもう一回ここに来て……もう一回君に謝りに……さ、さよならっ！」

中年男が大量の涙とともに店を飛び出していった。

「お、おお～、就職頑張って～？」

からんからんと店のベルが鳴り、気まずい空気が流れる。カウンターのマスターから、なにお客逃してんの、という視線を感じる。

今のはあたしのせいじゃなくない？

眼力でマスターに対抗しつつ、ホール作業に戻ろうとすると、再び入り口のベルが鳴った。

「らっしゃ……あれ、四十七さん？」

入ってきたのは四十七銀華だった。

彼女は銀色の髪をたなびかせ、いつもの静かな表情で琉花を見つめている。

「君の友人たちにアルバイト先を聞いた。落ち着いた雰囲気のいい店だな」

「お、あざっす」

礼を言いいつつマスターを横目で見ると、店を褒められたことが嬉しいのか、彼は笑みを浮かべて頷いていた。四十七の容姿に驚く様子がないのは年の功というやつなのか。

四十七は入り口のドアをゆっくり閉めて、

「盛黄。今日のアルバイトは何時ごろに終わるんだ？」

「九時までだけど……え、なんで？」

「それは……いや、とりあえず座席に案内してくれないか」

「あ、そだね。一名様ごあんなーい」

急な訪問を不思議に思いつつ、四十七を窓側の座席に案内する。

座席に西日が差し込んでいたので、琉花がカーテンを閉めていると、後ろから小声で話しかけられた。

「昨日も言ったが、君はやつらに狙われる可能性が非常に高い。夜に出歩くことは自分の身を危険に晒すことと同義だ。それをよく覚えておいて欲しい」

四十七がここに来たのは琉花に忠告をするためらしい。

確かに彼女の言う通り、ヴァンパイアの活動時間に出歩くことは危険を高める行為だ。自分の命を守るのならば夜のシフトにつくべきではない。

彼女の意見は正論だ。

正論だが、受け入れることはできない。

「や、でも働ける時に働かないと服とかコスメとか買えないし」

「そういったものと命。どちらが大事か考えてくれ」

「いざって時は命だけど、普段はどっちも大事だし」

琉花の答えを聞いた四十七は、しばらくなにか言いたそうに口を開閉していたが、そのうち腕を組んで座席にもたれかかった。

「やつらのせいで日常生活を送れなくなることも問題か……」

納得しているわけではないが、それ以上説得する気はないらしい。端的に言えば、呆れている。

「事件が解決するまで私が護衛につく。夜遅くのシフトになる時は連絡してくれ」

その提案は予想外だったが、嬉しいものでもあった。夜道の安全が保証されるし、会話相手がいれば楽しく帰れる。琉花にとっては文句のつけようがない提案だ。

「君にとっては迷惑だろうが、我慢して欲しい」

「え、ゼンゼン迷惑じゃないっすよ。つか、四十七さんと帰れるの嬉しいし」

「ム……」

四十七はそう呟くと、ふいと顔をそらした。昼間の廊下で見た動きとよく似ていたが、なにを意味するのかはわからなかった。

そんな謎な四十七を琉花は笑顔で見下ろして、

「あの〜、で、いいっすかね？」

「いいとは、なにが？」

「や、ここ喫茶店なんで、なんかチューモンしてもらわないと」

「え……ああ。すまない」

四十七は机上のメニューを手にとり、中身を眺め始めた。

店内の温かい明かりが彼女の肌を照らし、顔の輪郭を際立たせている。宝石のような銀色の瞳はメニュー上を蝶のようにさまよい、琉花の胸をそわつかせた。

「ちな、あたしのおすすめはチーケね。うまさが他の店のバイチチっす」

もどかしさに耐えかねて提案すると、四十七は、ふむ、と一拍置いてから、

「チーケとはチーズケーキのことか。バイチ……バイチ？　バイチとはなんだ？」

「倍くらいレベルが違うってこと。マスターの奥さんが元パティシエでさ。その奥さんが考えたレシピ使ってんの。なんで、うますぎでほっぺ落ちまくり」

「ふむ……では、ベイクドチーズケーキとオリジナルカプチーノを」

「あざっす」

四十七からメニューを預かってカウンターに戻り、マスターに注文を報告する。

報告がてら四十七とのやりとりを伝えると、マスターは複雑そうな顔になった。どうやら自分のコーヒーよりも妻のチーズケーキが注文の決定打になったことが気に入らないらしい。

お、大人げねー！

午後九時。琉花は四十七とともに帰宅していた。

日は沈んでいるが、街灯の明かりで暗闇は薄く、隣には四十七がいる。それらのこともあって琉花は肩から力を抜いて歩いていた。

そんな琉花とは反対に、四十七は瞳を忙しなく動かしていた。ヴァンパイアや眷属が出てきた場合に備えて警戒しているらしい。

敵が出たらまたあの不思議パワー使うんかな……。

「あんさー、あのギンギンのやつってあたしには使えないの？」

琉花の質問に、四十七は瞳だけ動かして応じた。

「ギンギンとは、祓気のことか？」

「そそ。あれ使えればあたしもヴァンパイアと戦えるっしょ。だからどーなんかなって」

興味半分本気半分の割合で琉花が聞くと、

「祓気は手術と修行によって修得することができる。貯蔵量や出力量は個人の適正で変わってくるが、人間であれば基本的に誰でも修得できる」

「んじゃ、あたしでも……」

「だが、やめておいたほうがいい。祓気の修得には多大な労力と時間を要する上に、ヴァンパイアハンターの戒律に従うことを誓わなければならない」

琉花が、かいりつ？　と繰り返すと、四十七は静かに頷いた。

「戒律とは狩人が守るべき掟だ。その内容は多岐にわたるが、代表的なものとして、『ヴァンパイアハンターであることを明かしてはいけない』『ヴァンパイアのことを話してはいけない』『祓気を悪用してはいけない』などがある。時代に合わせて更新されるので、『公的な大会やメディアに出演してはいけない』『ＳＮＳを利用してはいけない』なども」

「あ……無理っすね、それ」

琉花の口から拒否反応が飛び出した。

少しの秘密を抱えただけであれほど追い詰められたのだ。ヴァンパイアハンターの戒律なんて守れる気がしない。

四十七は冷たい表情で戒律についての説明を続ける。

「戒律違反を犯した狩人は狩人同盟によって罰されることになっている。更生不可能と見なされた場合は手術によって祓気を剝奪され、記憶を消去される」

「えっぐぅ……」

「私も過激だとは思うが、個人が強大な力を持てば悪用することは目に見えているし、軍事活動などに転用されて人間同士の争いを生む危険性もある。不自由なルールは必要不可欠だ」

戒律とはヴァンパイアハンターの暴走を防ぐためにつくられたルールであるらしい。

昨日の銀華と眷属の戦闘を思い出して戒律の必要性をなんとか受け止めようとしていると、琉花はあることに気がついた。

「あれ？　それだったら、あたしに色々バラしたのってだいぶやべーんじゃ？」

琉花の疑問に、四十七は肩をすくめることで応えた。

「緊急事態下では例外処理が適用される。なので、ある程度は弁解の機会がもらえるはずだ……いずれにしろ応援の狩人が来てからの話になる。君が気にすることではない」

平静で応える四十七を見て、琉花は納得できない気分に包まれた。

四十七銀華はこれまでヴァンパイアと戦ってきた。うっすらと頰についた傷痕が表すように、きっと一筋縄ではいかない戦いだったはずだ。

そんな過酷な日々を送ってきたというのに、なんの報酬を与えられることもなく、むしろ戒律を破ったことへの言い訳を考えなければいけないなんて。

「あんさー、四十七さんってなんでヴァンハになったん？」

琉花の質問に、四十七は形のいい眉をひそめた。

「ヴァンハとはヴァンパイアハンターのことか？　どうしてそんなことを聞きたがる？」

「や、なんかさー……ヴァンハってさー……うまく言えないけどさー……」

もやもやした感情が言語化できず、口ごもってしまう。

だが、言語化できないままでもいい気がした。素直に話せば、ヴァンパイアハンターやその制度を否定してしまいそうだ。それは四十七自身への否定にも繋がってしまうため、口に出すことはできないし、したくない。

琉花がもどかしい気持ちに包まれていると、

「私は祖母の意志を継ぐためにヴァンパイアハンターになった」

四十七の言葉に少しだけ安堵を覚える。少なくとも誰かに強制されてヴァンパイアハンターになったわけではないらしい。

「祖母は自分の夫がヴァンパイアに殺害されたことを契機に狩人の世界に足を踏み入れた。そして彼女は夫を殺したヴァンパイアに復讐を遂げると、怪物から人々を守護することに身命を捧げた……私はその姿に憧れて、祖母に弟子入りすることにしたんだ。両親には猛反対されたがね」

自嘲混じりの声を聞いて、琉花は四十七がひとり暮らししている理由を察した。

琉花には四十七の両親の気持ちも理解できた。ある日突然、娘が怪物たちと殺し合いたいなど言い出したので当然のごとく反対したら、娘はそれを振り切って祖母に弟子入りし、戦いの世界に身を投じてしまった。おそらく四十七の両親は今もどうすればよかったかわからずに悩んでいるに違いない。

やはりヴァンパイアハンターという制度には引っかかりがある。

命を危険に晒しているのに戒律という鎖に縛られて身につけた力を自由に使うことができない。家族との関係も崩壊する。損ばかりだ。

「だが、私は狩人である自分を誇りに思う」

琉花が顔を上げると、四十七銀華がこちらを見つめていた。

「誰がなんと言おうと狩人同盟の『無辜(むこ)の人々を守る』という理念は正しいし、私が狩人になったことで救えた命もある。なので、私は狩人になってよかったと思っている」

琉花は彼女から目が離せなくなった。

規則正しい歩調で歩き、肩で気持ちよく風を切っている。美しく気高い銀色の狩人。彼女のことを知れば知るほど心が安らかに、穏やかになっていく気がする。

「……頑張ったんだね」

琉花が心からの称賛を告げると、四十七はなぜか顔をこわばらせた。

「ヴァンパイアと戦うのは狩人としての使命であるし、やつらを撲滅できたのは狩人同盟の組織力があってこそだ……それに、今は生き残りを見落とした疑いもある。とても頑張ったとは言えない」

「いやいや、四十七さんは偉いって。すげー技使えるし、そーいうのを自慢してないのもかっけーし、マジリスペクトだって」

「祓気は狩人ならば誰でも使用できる。技を自慢しないのは戒律を守っているだけだ」

「いやいやいやいやいや」

琉花がしつこく否定すると、四十七は硬い表情のままそっぽを向いた。

テキトーとか思われた？

そう思って四十七を眺めていると、あることに気づいた。

耳が少し赤らんでいる。

「もしかして……恥ずがってる？」

琉花がそう言うと、四十七はいきなり歩幅を大きくした。

四十七を追いかけて彼女の顔を覗(のぞ)き込もうとすると、さっと顔をそらされた。顔は見えなかったが、その行動が琉花の指摘が正解だということを示していた。

琉花の口にいやらしい笑みが浮かぶ。

「おいおいおい。かわいーじゃんよー。ぎんちゃーん」

「……年上には敬意を払え」

「うーわ、今さら年上アピとか。おなクラなのに」

「おなクラ……？」

「おんなじクラスってこと。友達友達！」

琉花が前に行くと、四十七が恥ずかしがって前に行く。琉花がさらに前に行くと、四十七はそれを察して足を踏み出す。そんなやり取りをしていると、あっという間に周りの景色が過ぎていった。

少しくらい止まってくれてもいいのに。

そんなことを考えつつ、琉花は家につくまで四十七との追いかけっこを続けた。

五章 リアル系ギャルとスーパー系美少女

今週最後の授業を終えた後、銀華(ぎんか)はいつものスーパーマーケットに立ち寄った。

野菜コーナーに向かい、スマートフォンでレシピを見ながら今日の料理を考える。

キッチンで料理をするなど何年ぶりだろうか。ヴァンパイアハンターとして活動している時はたいてい外食か携帯食だった。楽しみなような面倒くさいような複雑な感情が胸をそわつかせている。

そういえば盛黄(もりき)は料理ができるのだろうか。

「友達……か……」

この間、盛黄を家まで送っている時、彼女は銀華のことを友達と呼んだ。

ヴァンパイアと血みどろの戦いをしていた自分。

女子高生として充実した日々を過ごしていた盛黄。

育ちも性格も趣味も合わない。そんなふたりが友人になれるとは思えない。

そもそも自分は彼女と友人になる資格があるのだろうか。

雑念を振り払うために首を振る。今は眷属(けんぞく)が発生した理由について集中するべきで、そん

なことを考える必要はない。どうも日本に戻ってきてから気が緩んでいる。ここにいるヴァンパイアハンターは自分のみなのだから、むしろ気を引き締めなければいけないのに。

本部や日本支部からの返信は未だにない。殲滅戦が終了してから組織の機能が低下しているとは聞いていたが、まさかここまでとは。

場当たり的だが、今はテンプテーション・ブラッドの持ち主である盛黄の護衛について敵を待ち受けることが最良だろう。無関係な彼女を寄せ餌にするようで気が引けるが、致し方ない。

休みの日も護衛につくことを伝えると、盛黄はにこやかに快諾した。

――んじゃ、次の休み、一緒に街にいこ！

街に出る目的は服の買い物らしい。インターネット通販で済ませてはどうかと提案したが、実際に試着しなければ購入を決められないと返された。そういうものらしい。

あの時は勢いに押し切られて了承してしまったが、日中は護衛につく必要はない。随分無駄な約束を結んでしまった気がする。

後悔を渦巻かせつつ、買い物カゴにキャベツを放り込んだ時、柱の鏡に映る自分と目が合った。

その口は緩みに緩んでいた。

慌てて口を押さえ、そそくさと精肉コーナーに足を進ませる。

し、知り合いが誰もいなくてよかった……。

◆　◆　◆

休日の昼下がり。晴れ時々曇り。薄着でも過ごしやすい気温。絶好の外出日和。待ち合わせ場所の駅前に到着した琉花は、ショルダーバッグからアイパレットを取り出し、中の鏡でメイクのチェックを始めた。

今日の自分は気合が入っている。まつ毛はいつもよりバシバシにキメてきたし、涙袋には強めのハイライトを入れてきた。メイクだけでなく、服にだって気を抜いていない。新品のキャップ。チュールハイネックのトップスの上に豹柄ビスチェ。ハイウエストのラップショートパンツからはこれでもかというほど足が出ている。

露出度高めの格好だが、あの美少女の隣に立つのだから、これくらいしなければ見劣りしてしまう。最悪の場合、死ぬ。

琉花が鏡を見て頷いていると、向こう側から私服姿の四十七がやってきた。

「すまない。待たせた」

四十七は地味な色のフーディーとデニムパンツというラフでボーイッシュな格好だった。黒手袋やアクセサリーは標準装備らしく、今日もギラギラしている。服をあまり持っていないと話していたが、素材がいいのでなんでも似合って見える。

つか、なにあの股下。加工アプリ使ってないってマジ？

「なんだよその足～。ずるいって～。長さちょっと分けてよ～」

「分けられるわけがないだろう」

だる絡みをばっさりと切り捨てられ、琉花は素直に引き下がった。

ひとまず四十七と合流できた。遊びに出る前に言うべきことを言っておこう。

「んじゃ、仕切り直して……バイト代入ったんで、今日は奢るぜ！」

琉花が勢いよくピースサインを突き出すと、四十七は不思議そうに首を傾けた。

「なぜ君がそんなことをする必要があるんだ？」

「だって、四十七さんってあたしの命の恩人じゃん。お礼しとくべきっしょ」

「礼などいらない。あれは狩人として当然のことだ」

「ふっ、言うと思った」

「なに……？」

眉をひそめる四十七の前で、琉花は空咳をしてから表情を引き締めた。

「命の恩人だからってだけじゃなくて、四十七さんの歓迎も兼ねての奢りっすよ。こーいう時は黙って奢られるのがマナーだよ」

「……そういうものなのか？」

「そーいうもんそーいうもん」

短い付き合いだが、この間の戒律の話から、四十七銀華が規則ごとを重視する性格だということはわかっていた。

そのためマナーを建前にすれば説得できるのではと思ったのだが、効果抜群のようだ。

「……出し過ぎと判断したらすぐに止めるぞ」

「うーし、ゲントリー」

説得の達成感に琉花が拳を握ると、四十七が首を傾けた。

「げんとりーとはなんだ?」

「ゲントリーってのは……えーと、あれよ。ゲンチを……ほら。吐いたツバ飲むなや的なやつ」

「言質を取った、の略語か?」

「そそ。それそれ！　ゲンチを取ったんすよ」

「盛黄……『言質』の意味は理解しているか?」

「…………へへへっ」

「笑ってごまかすな」

怒られが発生したことで琉花は逃げるように駅の中に飛び込んだ。

すぐに四十七の長い足に追いつかれてしまったが。

電車の座席がカーブで揺れる度に、街へ向かっているという気分が強まってくる。

琉花の住む地域にもデパートや服屋はあるが、やはり街の品揃え（しなぞろ）には敵（かな）わないし、ワクワク感が段違いだ。四十七の歓迎会という名目ではあるが、自分の買い物もいくつかしたい。事前チェックもしてきたし。

「そーいや、四十七さんって今まで休みの日ってなにしてたん？」

話題を振ってみると、隣の四十七は思い出すように天井（てんじょう）を見上げて、

「休暇か……たいていは訓練をしていて……そうでなければ睡眠を取っていたな……この半年間は山の中だったので、それらも満足にできなかったが」

「山の中って……キャンプ的な？」

「キャンプというよりサバイバルだな。やつらとの戦闘のために山に潜伏する必要があったんだ。食料確保や索敵のために動き続けなければいけなかったので、訓練や睡眠は満足に取れなかった」

「な、なんでそんなサバイバるヒツヨーあったん？」

琉花が尋ねると、四十七はデニムパンツからスマートフォンを取り出し、細い指で操作し始めた。あの黒手袋はスマートフォンにも対応しているらしい。

四十七がこちらにスマートフォンを傾ける。画面に表示されているのは琉花のスマートフォンにも入っているヴァンパイアサーチアプリだった。

「この間少し説明したが、このアプリケーションは電子機器をソナー代わりにして、ヴァンパイアや眷属、祓気発動中の狩人の位置を特定する。そのため、電子機器のない場所では意味をなさない……いつからかわからないが、やつらもこのアプリの存在を知ったらしく、検知されないように山や無人島に逃げ込むようになってね。狩る側の私たちも自然とそういう場所に赴くことになった……というわけだ」

　四十七は指先に祓気を宿らせると、画面をトントンと叩いた。マップ上には高速で移動する青色の点が光っている。

「場合によってはやつらよりも山のほうが恐ろしかった。凍死しかけたことや熊と戦った時のことは今でもたまに夢に見る」

「熊って……リアル熊？」

「ああ。車並みの巨体に俊敏な動き……三人がかりでようやく勝てた」

「勝ったんかい」

　半笑いでツッコミを入れていると、四十七の顔についた薄い線に目が吸い寄せられた。

「その傷は熊にやられたん？」

　琉花が聞くと、四十七は思い出したかのように頬を撫でた。

「いや、これはやつらとの戦闘でついたものだ。爪に毒を持った個体がいてね。不覚を取って引っかかれてしまった。毒は治ったが、傷痕が少し残った」

「コンシーラーとかで消せないの？」

琉花がコンシーラーによる傷痕の消去を提案すると、四十七は唇の端を少し歪めた。

困惑と寂しさを含めた微笑みを浮かべつつ、四十七は言った。

「この傷痕は私の戦いの証、私の一部でもある。醜いものだと思うし、消えても構わないが、どうしても消したいというわけではないんだ」

四十七の答えを聞いて、琉花はショルダーストラップをぎゅっと抱きしめた。

余計なこと言っちまったー……。

彼女の聖域に無遠慮に踏み込み、そこを荒らしかけた。いつもめいりやひなるに距離感バグってる時があるから気をつけろと注意されているのに、やってしまった。

「四十七さん。ごめ……」

「だが、コンシーラーとはなんの略語なんだ？」

「…………んあ？」

四十七の言葉の意味がわからず、謝罪が止まる。

なに言ってんのこの人？

「バイチは倍ほどレベルが違う。ゲントリーは言質を取った。だから、コンシーラーは……今週知り合いとラーメンに……いや、違うか」

見当外れの言葉に琉花の顔が険しくなる。

マジでなに言ってんだこの人？

「し、四十七さん、もしかして、コンシーラー、知らない？」

「ん、ああ。そうだが？」

「はぁ〜〜〜〜〜んっ⁉」

目の前の現実が受け入れられず、琉花の口から大声が出る。二十一世紀にこんなことがあっていいのか。

「盛黄、電車内での大声は迷惑だぞ」

四十七の注意に構わず、琉花はショルダーバッグに手を突っ込むと、メイクポーチからコンシーラーのボトルを取り出し、彼女の鼻先に突きつけた。

「コンシーラーってのはこれ！　シミとかクマとか隠すコスメ！」

「コスメ……ああ、化粧道具のひとつか」

「マジで知んないの？」

「いや、私とは縁のないものであるし……」

「縁のない……？　ま、まさか……」

目を見開いて四十七のやたらと端正な顔を観察する。

銀色の髪と眉とまつ毛。筋の通った高い鼻。柔らかそうな唇。なめらかな肌は見ただけでももちもちしていそうで……。

琉花は唾液をごくりと飲み込んで、

「まさか、あんた……すっぴん？」

恐る恐る聞くと、四十七は琉花から体を引きながら、

「そうだが……？」

「あ、あぁ、あわわ、あーわわわわわ……」

予想外の言葉に口が震える。

「なんてこったい。ありえん。女子高生が休日に外に出んのに……ノーメイクなんて……」

琉花が全身を震わせていると、四十七は心外と言いたそうに口元をむっとさせた。

「ま、眉毛くらいは整えている」

「まままーま、眉毛て！　そんなん最低限のマナーじゃん！　マナー講師もあえて言わないくらいのマナー！　お出かけに盛り上がってガン盛りメイクしてきたあたしがバカみてーじゃん！」

あまりのショックに琉花は顔を押さえた。もちろんセットが崩れないくらいの強さだが。

「盛り上がってくれていたんだな……」

手の隙間から、複雑そうな顔をしている四十七が見えた。

その顔があざとかわいくてさらに腹が立つ。こんな感情ぐちゃぐちゃになっているのは誰のせいだと思っているのか。

「ヨテーヘンコー！」

そう言うと、琉花は四十七の肩を押さえ、戸惑う彼女の目に自分の目を合わせた。

「四十七さん！　コスメ！　今日はまずコスメ見に行くよ！」

「今日は服を買いに行くだけでは……」

「いーからあたしについてきな！　この天然美少女！」

「それは罵倒なのか……？」

四十七はなおも戸惑っていたが、琉花の気迫に有無を言わさないなにかを感じたらしく、こくりと頷いた。


電車を降りた琉花は四十七の腕を引っ張りながら、駅の改札を通り抜けた。

駅と直結している大型デパートに入り、様々なコスメティックエリアを横断し、三階のCorolleという大手化粧品ブランドの店舗に入る。

店員にメイクレッスンを受けられるかどうかの交渉をすると、幸運なことに予約にキャンセルがあったらしく、すぐに対応してもらえることになった。

店員を待っている間、四十七はずっとそわそわしていた。どうやら化粧品に囲まれて落ち着かないらしい。微笑ましかったが、今の自分はメイクの鬼だ。笑ってはいけない。

店内の中央には長いテーブルが設置されており、その上にはメイクレッスン用の鏡台が備え付けられていた。周りには所狭しとコスメティックが並べられている。リップ。グリッター。フェイスカラーパウダー。プライマー。ファンデーション。ブラシ。アイパレット。アイブロウペンシル。アイライナー。ビューラー。マスカラ。香水。アロマキャンドル。アロマオイル。シャンプー。ヘアオイル。ボディソープ……。

流石コロール。老舗ブランドということもあって圧倒されるほどの品揃え。高級感が洪水のように溢れかえっている。

「……盛黄もここの化粧品を使っているのか？」

雰囲気に耐えかねたのか、四十七が息苦しそうに言った。

「や、あたしが使ってんのはウィルメイクとかゼンアンドみたいなプチプラのやつ。あー、でもたまにジュリアみたいなちょい高めのやつも使うか」

「ぷちぷら……？　じゅりあ……？　それならばなぜ君はこの店を選んだんだ？」

「だって初メイクなんだし、プロからメイクレッスン受けたほうがいいっしょ」

「まともな理由だ……」

「あん？」

琉花が睨みつけると、四十七はふいと顔をそらした。

「……あと、四十七さんは上品メイクが合ってる気ぃするかんね。あたしみたいな盛りメイクもいいけど、まずはセートーハ知っといたほうがいーかなって」

「本当に君は盛黄琉花か？　まともすぎるぞ」

「あんたは失礼すぎ！」

琉花が抗議の肘鉄(ひじてつ)を四十七の腕に押し付けていると、コロールの店員がやってきた。黒服に身を包む二十代の女性は、琉花と銀華の前で一礼した。

「本日はご来店まことにありがとうございます。四十七様を担当させていただきます、美容部員の折井(おりい)です」

折井と名乗った女性が頭を上げると、ふわりと芳香が漂ってきた。おそらくコロールの商品のなにかの香りなのだろう。嗅いでいるだけで心地いい。

「よ、よろしくお願いします」

四十七が硬い動作で頭を下げる。かなり緊張しているのかコチコチだった。

緊張を解くために隣から四十七の肩を撫でつつ、

「あたし、この子の付き添いなんすけど、ついてってもいーすか」

「他のお客様がご来店された際はお立ちいただくことになってしまいますが……よろしいでしょうか？」

「だいじょぶっす。バイトで立ち慣れしてるんで」

琉花がそう言うと、折井はにこりと微笑むことで返事した。商売用の愛想笑いとわかっていても見惚(みと)れそうになる。

「では四十七様、あちらへどうぞ」

「は、はい」

折井に導かれ、四十七は大きな鏡が置かれたテーブル席に座った。

琉花が横についたことを確認してから、折井は四十七の後ろから話し始めた。

「四十七様はご普段、どちらの製品をお使いですか？」

「ふ、普段……ム……いや……」

四十七は気まずそうに目をさまよわせ、口をもごもごと動かしていた。とてもヴァンパイアや熊に打ち勝った戦士だとは思えない心細そうな表情。早く助けてあげないと。

琉花が助け舟を出そうとした時、折井が言った。

「私もシルバーには挑戦したことがあるんですが、地の色が強すぎたのかうまくいかなくて。四十七様の瞳(ひとみ)はとてもおきれいに染まっていますね。どちらのカラコンをお使いですか？」

「か、から、こん……？」

助け舟じゃなくて救命ボートが必要だわ。

「折井さん折井さん」

「はい？」

「この子の目、カラコンじゃねっす」

「………………えっ」

折井の自然で不自然な笑顔がこわばった。

最近のメイクとしてカラーコンタクトレンズの使用は珍しくない。琉花も青紫色のカラーコンタクトレンズを愛用しているし、つけていなければ人前に出られないという女子もいるくらいだ。

そういった事情もあって折井は銀華の瞳をシルバーのカラーコンタクトレンズと勘違いしたのだろうが、残念なことにこれは天然ものだ。

「こ、これでカラコン入れてないの⁉」

よほど衝撃的だったようで折井の口調が崩れた。

美容部員としての役割を忘れたのか、折井は鏡越しに四十七のことを眺め回している。なんだか一気に親しみやすくなった気がする。

「や、マージでびっくりっすよね」

「はい……はい……！」

「しかもこの子、ノーメイクなんすよ」

「ノーメイッ⁉　あぁわ、あわわわわ」

折井が狼狽（ろうばい）している。琉花が電車内でした時と同じ反応だった。

共感者の出現に琉花が大きく頷いていると、

「……私も傷つく心は持っている」

四十七が小さく呟いた。

うつむいているせいでその顔はわからないが、悲しそうな雰囲気が伝わってくる。

「あ……ごめん……やりすぎた……」

「申し訳ございません……大変失礼いたしました……」

琉花と折井が謝っても四十七は顔を伏せたままだった。かなり落ち込んでいるらしい。

……ここは真面目にいかないとダメだな。

四十七の肩に手を添えて、琉花は彼女に顔を近づけた。

「折井さんの前で言うのはアレなんだけどさ。あたしのマジな意見を言うと、別にすっぴんでもいいと思うんすよ。メイクって時間とかお金とかかかりまくるし、四十七さんはそのままでも美人だし……でも、知らないですっぴんなのと、知っていてすっぴんなのはちょい違うっつーか」

琉花は一度そこで言葉を切り、四十七の銀眼と自分の目を合わせた。

「四十七さんって今まであたしらのために戦っ……苦労してくれたんでしょ。だから、あたし、四十七さんにはこっちの世界にいっぱい楽しいことがあるって知って欲しいんすよ」

今まで四十七銀華はヴァンパイアから人々を守るために戦ってきた。

彼女が守り切った世界にはそれだけの価値があると知って欲しい。彼女がこの世界を楽しむことこそが今まで費やした時間や気持ちへの報酬になる。琉花はそう思っていた。

「なんで、やっぱごめんなさい……的な……へへへ…………どっすかね？」

琉花がもごもご謝罪を言うと、

「……わかった。許す」

四十七は眉間に刻まれたしわを徐々にほぐしていった。

あっぶな！　なんとか機嫌持ち直した！　セーフセーフ！

琉花が冷や汗を浮かべながら離れていくと、折井が謝罪しつつ四十七に話しかけた。

「もしかしますと、四十七様は海外にご滞在されていましたか？」

「ええ。最近まで」

「やはりそうでしたか」

「やはり？」

四十七が聞き返すと、折井はゆっくり頷いた。

「欧米はポイントメイクの文化ですので、日本のように毎日フルメイクをするわけではないんです。それには気候や肌質が関係しているのですが…………四十七様のメイクへのご関心は海外にご在住していたことが影響しているのだと思います」

折井は四十七のメイク知識の薄さを海外の文化からの影響と思っているようだ。

その実態は山籠りサバイバル生活だが、別の世界にいたという意味では的外れということでもないので黙っておく。

「ですが、海外におきましてもフォーマルな場ではメイクをしますので、やはり一通りのメイク方法は身につけておいたほうがよいと思います」

公式な場所で恥をかかないためにメイク技術を身につけよう。

折井が言っているのはそういうことだった。一度取り乱したが、やはりプロ。一瞬で客にメイクの必要性を感じさせた。

「じゃ、折井さん、この子に通しでメイクを教えてあげてください」

「通し……というのは、フルメイクのメイクレッスンということでしょうか？」

「そっすそっす」

琉花がうなずくと、折井は気まずそうな表情をつくり、顔を近づけてきた。

「大きな声では言えませんが、メイクレッスンで使用した製品はお買い上げいただくことが慣習となっていまして……フルメイクのメイクレッスンとなりますと、製品の点数がかなり……」

「あ、使った商品買うってことなら問題ないっす。持ち合わせあるんで」

琉花がそう言うと、折井はまばたきしつつ離れていった。大人としてはなにか言うべきだと思っているらしいが、店員としては抗議する気はないというところか。

「んじゃ、折井さん。おねしゃす」

「……承知いたしました」

折井は返事をすると、慣れた手付きでテーブル下からボトルやパレットを取り出し、四十七の前に並べていった。すべての容器の表面にはコロールのロゴが入っており、華やかにきらめいている。

「では、クレンジングから始めます。本来クレンジングはメイクを落とすためのものですが、こちらの製品はスキンケアも兼ねていますので、本日はスキンケア用として使用いたします」

折井は解説を続けながらクレンジングボトルをコットン布へ傾け、四十七の顔にコットン布を優しく当てていく。

「女性の肌は男性と比べて皮脂量が少なく傷つきやすい傾向にあります。そのため、洗顔やスキンケアではこすりすぎないことが重要となります」

折井は別のボトルを取り出すと、中身を指先につけ、四十七の顔に点々と塗布していく。

「ベースとプライマーを塗っていきます。ベース……化粧下地はスキンケアや肌のくすみ消し、プライマーは肌の光沢消しや血色出しといった効果があります」

折井はクッションを取り出すと、四十七につけた滴を丁寧に伸ばしていった。

「この二種にはメイク崩れを予防したり、質感を高めたり、といった効果もあります。効果が重複する部分も多いので、ひとつで済ませる方もいらっしゃいますし、何種か組み合わせてご使用なさる方もいらっしゃいます」

「は、はあ……」

「ま、メイクは自由ってこと」

目を回している四十七に笑いかける。彼女からすれば異世界の知識を詰め込まれているようなものだ。混乱するのも無理はない。

「折井さん。この子ってブルべっぽいし、ピンクよりのメイクっすか？」

琉花が話しかけると、折井は目を細めた。

「所感としてはサマータイプのように見えますが、私はパーソナルカラーリストではありませんので、正確な診断はできません。そのあたりも考慮に入れて、今回は中間よりのメイクをしていきたいと思います」

「あー、中間メイク……一番ムズいやつっすね」

「……ぶ、ぶるべとはなんですか？」

四十七が苦しそうに聞くと、折井は少しだけ手の動きを遅くした。

「ブルべやイエべというのは、ブルーベースやイエローベースといったパーソナルカラーのことです。パーソナルカラー……つまり、その人の雰囲気に合った色ということですね。肌や髪や目の色から判断され、メイクの方向性や服装を選ぶ際の基準となります」

「肌や、髪……」

四十七はそう言って鏡の中の自分を見つめた。銀髪銀眼からもパーソナルカラーを判断できるのだろうかと思っているのだろう。

四十七の疑問を見透かしたように、折井はにこりと笑って、

「パーソナルカラーはすべての人種に存在すると言われています。基本的にはブルーベース、イエローベース、グリーンベースと分けられ、そこからサマータイプやウィンタータイプと細分化されます。海外ではさらに細分化されていて、クール、ウォーム、ナチュラルと分けられ、ライト、ディープ、ヴィヴィッド、ソフトと……」

「折井さん。待って待って。うちの子が壊れちゃう」

わけのわからない呪文(じゅもん)を聞かされ続け、四十七は石像のように固まっていた。

折井は微笑を浮かべつつ、四十七の額に浮かんだ汗をコットンで拭う。

「あくまでパーソナルカラーは指標のひとつですので、従う必要はありません。ご自身がお好みの服装を優先したほうがよいと思いますよ」

折井が微笑を浮かべると、四十七は硬い表情で頷いた。

琉花は大人しくそれを見守っていたが、四十七の傷痕がぴくっと動いたのを見て、

「そだ。次くらいにコンシーラー使います？」

「はい。そのつもりですが……」

「あー……四十七さん、傷痕どーする？」

コンシーラーはニキビや肌荒れなどを隠してくれるコスメティックだ。それを使えば傷痕を消すことができるかもしれない。

しかし、電車内で彼女はこの傷痕を自分の一部であると言っていたし、積極的に消したいわ

けではないとも言っていた。『できる』からといって『してもいい』わけではない。

「そうだな……試してみよう」

四十七は拍子抜けなほどあっさり琉花の提案を受け入れると、折井に対して頭を下げた。

「折井さん。お願いします。できる限りでいいので」

「承りました」

折井はボトルからブラシを抜くと、コンシーラーを四十七の傷痕につけていった。

コンシーラーを塗った後もメイクは続く。

ファンデーション。濃淡それぞれのチーク。シェーディングパウダー。

「見えなくなると存外寂しいな……」

薄くなった傷痕を見た四十七がぽつりと呟いた。

やっぱ余計なことだった……？

琉花が不安に思っていると、折井が新たなメイク用の道具を取り出した。

「では、アイメイク……目周りのメイクをしていきますね」

四十七の瞳周りにアイペンシルやアイブロウブラシが走る。アイホールにかすかにグリッターを塗られ、涙袋が強調される。ビューラーで強調されたまつ毛にマスカラが塗布される。

仕上げのリップはピンク。シェーディングやハイライトの微調整……。

折井はテーブルに道具を置くと、四十七に微笑みかけた。

「メイクは以上で終了となりますが、気になる点はございますか？」

折井の声に反応を示さず、四十七はメイクを施された自分の顔をじっと見つめていた。

「……どーよ、人生初メイクは」

琉花がおそるおそる聞いてみると、四十七はすっと顔を上げた。

初めて四十七銀華を見た時、その美しさに驚くと同時に冷たい印象を受けた。

彼女のことを知った今ではその印象が間違いで、ただの不器用人間だということがわかっているが、今は外見からも冷たさが抜けているように見えた。

簡単に言えば、超美人。

「初めてスカートを穿（は）いた時のような気持ちだ。そわそわして落ち着かない」

「嬉（うれ）しくない？」

「そういうわけではないが……照れくさい……いや、面映（おもは）ゆい、だな」

困り笑いを見せる四十七を見て、琉花の肩からどっと力が抜けた。

つ、連れてきてよかったー！

電車からここまで感じていた緊張の糸をたるんたるんに緩ませて、琉花は微笑みかけた。

「……そんじゃ、しばらく自分とにらめっこしてて」

琉花はそう言い残すと、テーブルから離れて折井に対して手招きした。

ここから先のことは四十七には聞かせたくない。

近づいてきた折井に、琉花は小声で話しかける。

「それで折井さん。今日使ったのって全部でおいくらすかね?」

折井は今回のメイクレッスンを始める前、製品を何点か買う必要があると言った。

支払い役の琉花としてはそろそろ値段を把握しておきたいが、四十七に値段は聞かせたくない。テーブルから離れたのはそういう思惑があってのことだった。

「合計としましては、こちらです」

折井の持つタブレットにはゼロが四つ並んでいた。

うげ……きびしーなー……。

商品の数から予想はできてはいたが想像以上のダメージだ。これを払ってしまうと財布がひんし状態になること間違いなしだ。

「んじゃ、全部ください。ブラシとかの道具も含めて」

それでも、これを買うことで四十七銀華に報いることができるのなら。むしろ安いくらいではないか。

「使用製品すべてをお買い上げいただく必要は……」

「全部でお願いします」

「……本当によろしいのですね?」

「はい。もちで……」

「出し過ぎたら止める、と言ったはずだぞ」

気がつくと、背後に四十七が立っていた。

流石ヴァンパイアハンター。近づいてきたのにまったく音が聞こえなかった。

出し過ぎたら止める。それは駅前で交わした約束だった。奢りを持ちかけた琉花に対して、四十七は条件つきの承諾を示した。

なので、理屈としては四十七が正しいが……こっちだって間違っているわけじゃない。

「じゃ、八割。八割あたしが出す。四十七さんは二割。これでどっすか」

「そういうことではなくて……」

「んじゃ七割で」

「だから、出し過ぎだと……」

「半分。半分だったら？」

「そもそもなぜ出してもらうほうが譲歩しているんだ……？」

そう言うと、四十七は諦めるように長い溜め息をついてから、

「半分出した上で、私も君になにかを買う。それが条件だ」

「うっし、ゲントリー……折井さん。話まとまりました！」

四十七の承諾を獲得した琉花は折井に拳で合図を送った。心変わりしないうちに精算してしまおう。

折井は素朴な笑顔を浮かべると、周りに聞こえないように小声で言った。

「こちらでも少々お勉強させていただきます。製品としては訳ありになってしまいますが……」

「お、助かります！」

「では、少々お待ちください」

折井は丁寧にお辞儀をすると、店の奥側に引っ込んでいった。

隣を見るとフルメイクされた四十七が立っている。彼女を視界にいれているだけで、琉花の口はにやついてしまう。

「やー、ダチがきれーになってるのを見るとなんか嬉しーね」

「ダチ……」

「あ、これ友達の略ね」

「それくらいはわかる」

拗ねたような表情。一つ上の友人のかわいらしい表情に、琉花の口元はますます緩んだ。

「盛黄、私と君は友達なのか？」

四十七の言葉を受け止めるのには時間を要した。

ふたりきりで一緒に出かけているのに、それが友達でなかったらなんだと言うのだろう。なにか別の意味があっての問いかけなのだろうか。

「あ……ひょっとしてあれ？　名前で呼び合おう的な？」

「いや、そういうことでは……」

恥ずかしそうに言い訳しているが、その顔には期待が浮かんでいるように見えた。

琉花は空咳をして、隣に立つ友人に負けないくらいの美少女を気取って言った。

「欲しがりだなー、銀華は」

「……うるさいぞ、琉花」


その後、琉花と銀華は目的もなくデパート内を見て回った。

服を見たり、雑貨を見たり、スイーツを食べたり、コロールとは別のコスメを見て回ったり。

買い物自体はあまりしなかったが、どこへ入っても気恥ずかしそうにしている銀華を見ることは楽しかった。

デパートを出てスクランブル交差点を渡っていると、銀華が探るように言った。

「本当にそれでよかったのか？」

「もちもち。大満足」

銀華の前でジュリアートのブランドロゴが入った小箱を振る。

これはコロールでの『私も君になにかを買う』という約束によって銀華が買ってくれたものだった。箱の中には柑橘系(シトラス)のオーデコロンが入っている。

「しかし……その……」

銀華の気まずそうな態度は香水の値段に由来するものだ。

ジュリアートもコロールと同じくデパートコスメの一種ではあるが、どちらかというとプチプライス寄りのブランドであり、コロールと比べるとその価格は低かった。

しかし、値段の格差が性能の格差に繋がるわけではない。琉花としてはジュリアートもコロールもどちらも同じくらい好きなブランドであるし、それに、

「友達からのプレゼントはもらっただけでサイコーにうれしーんだって」

琉花の決め台詞めいた答えにも、銀華はいまいち納得していなさそうだった。

なんか切り替えるきっかけがヒツヨーか。

周りに注意を払いながらメインストリートに入ると、クレープのキッチンカーを発見した。

「お、あれ食べよ！　あれ！」

「クレープ……さっきもデパートで菓子を食べたような気が……」

「あたしの胃袋、無限なんすよ」

むげん……、と呟く銀華を放置してクレープのキッチンカーに近づいていく。

振り返ると、こちらに向かってくる銀華と、彼女に吸い寄せられるように瞳を動かす人々が見えた。男女ともに口を半開きにして歩くスピードを落としている。かなり異様な光景。

「め、メイク効果すげー……みんな銀華を見てる……」

「メイク効果……？」

そう言うと、銀華は周りを見渡して、

「普段と変わらないようだが……？」

「え？　ああー……そっかー……そーっすね……」

フルメイクの影響で視線を集めていると思ったが、よく考えれば銀髪美少女にとってこの光景は日常の出来事だ。

メイク効果わかりにくっ！

内心文句を言いつつ、琉花が自分と銀華のクレープを注文していると、銀華が言いにくそうに呟いた。

「も、もり、もり……る、琉花も見られているようだが？」

「そりゃ、あたしだって気合入れてきたし。服とかメイクとか」

琉花が見せつけるように胸を張ると、銀華は言いにくそうに口を開いた。

「今さらだが、君、足を出しすぎではないか？」

「ふっ、足は出せば出すほどかっこかわいーんだな、これが」

「そういうものなのか？」

「そーゆーもんなんすよ」

そんな会話をしているうちにクレープが出来上がった。

琉花にはいちごティラミスクレープ、銀華にはチョコバナナクレープが渡される。

「いただきやす！」

目の前のそれに遠慮なくかぶりつくと、いちごのすっぱさとクリームの甘さ、クレープ生地の温かさが口に広がり、脳から多幸感が噴水のように湧き出た。ただでさえいい気分なのに、隣ではクレープにあわあわしているあざとかわいい銀髪美少女がいる。

ん～……天国じゃん……。

そんな最高に満ち足りた感情は、数秒後に薄れていった。

「あー……もー……」

悪態の原因は後ろにいる男たちの集団だった。

年齢は大学生か高校生くらいで、彼らはデパートの中で目が合ってから、一定の距離を空けて琉花たちについてきていた。いつか諦めると思って放置していたが、諦める様子がないばかりか、近づいてくる気配すらある。

男子に言い寄られるのが嫌いというわけではないが、今は銀華との時間を大事にしたい。

「あんさー、銀華……」

「わかっている。つきまといだな」

隣を見ると、クレープを食べ終わった銀華が紙をぐしゃぐしゃに潰していた。あわあわモードから狩人モードに入っているらしく、その表情は厳しかった。

「問題を起こすわけにもいかない。どこかに隠れるか」

「……そーっすね」

溜め息とともにクレープを食べ切り、銀華とともにメインストリートを進む。

ストーキングは嫌な気分だが、幸いなことに街には人通りが多い。追跡を撒(ま)くのはたやすいはずだ。銀華に見惚れて妨害役になってくれる人たちもいるし。

「お、あそこ入るべ」

銀華の腕を引っ張り、追跡者たちに見えないタイミングで大きな看板のゲームセンターに入店する。

騒がしいＢＧＭや眩(まぶ)しいライトを浴びつつ、ずんずんと階段を登る。二階に登りきった頃には、男たちの姿は見えなくなっていた。

もう少し警戒しとくか……、などと考えつつ三階への階段を登っていると、琉花の頭にまったく別の考えが浮かんだ。

「あ、ちょうどゲーセンだし、今日の記念残しとこーよ」

「記念？　どういうことだ？」

「ついてきて」

銀華を先導してゲームセンター内を歩いていく。

目的の筐体(きょうたい)を探し当て、カーテンをかき分けて撮影ブースに入ると、外よりも眩しい光が琉花と銀華を出迎えた。

「やっぱゲーセンはプリっしょ！」

撮影ブースに入るだけで気持ちが上がる。プリクラでやることなんて写真を撮ってラクガキするだけなのに。どうしてこんなにワクワクするのか。不思議だ。

そんな琉花とは反対に銀華は困惑していた。

「プリクラ……」

「あ、プリってのは……」

「それくらいはわかる。証明写真のようなものだろう？」

「うへへ、それだけじゃないんだな～」

自慢げな顔とともに指を振ってから、琉花は言った。

「なんと。プリではポーズを決めてい－んすよ！」

「ポーズを、決める？」

「うん。こんなのとかー。こんなのとかー」

琉花がひねった両手を前に突き出したり、ピースサインを目元に持ってきて腰をひねったりするのを見て、銀華は不思議そうなものを見る表情をしていた。

「で、最近の流行りはコユピっすね」

「こゆぴ……？」

「小指ピースつって、こーやって小指をクロスさせんの。ふたりだったらお互いにやるとかもアリ。ほら、小指立てて」

銀華が戸惑いがちに立てた小指に、琉花は自分の小指を重ねた。銀ラメネイルの小指と黒手袋に包まれた小指がクロスする。

ふたりの指で作られた十字架を見つめて、

「こういったことにも早く慣れなければ」

銀華がぽつりと呟いた。

「ん？　どゆこと？」

琉花が聞くと、銀華はリップが塗られた唇を曖昧に歪めていたが、そのうちためらいがちに話し始めた。

「今回の事件を解決すれば私は本当にヴァンパイアハンターではなくなる。なので、こういったことにいちいち驚いていてはいけない、と思ったんだ………また速水さんを泣かせたくはないしな」

今まで銀華は戦いの日々を引きずり、周囲の困惑を呼んできた。ぶっきらぼうな言葉で速水ちなみを傷つけたのはその代表的な出来事だ。

彼女が日常に馴染みたいと思うのは当然だと思うし、琉花としても応援したい。しかし、

「別に驚いてもいーっしょ」

それとこれとは話が別だ。

「銀華がフツーの生活に慣れたいって思うのはいーことだと思うんだけど、ソッコーで馴染む必要はないっつーか……あたし、今の銀華も結構いーなって思うし。ゆっくりでよくね？　って思うんすけど……」

確かに今の銀華には問題が多い。しかし、それ以上に好ましい部分も多い。

彼女の性質を無理矢理変えてしまうことは、彼女の美点を消してしまうことと同じだ。琉花としてはそれがいいことには思えないし、なにより、寂しい。

琉花の言葉を聞いた銀華は考え込むような表情で固まっていた。

「……また意外とまともとか思ってる？」

琉花が言うと、銀華は静かに首を振った。

「違う。感心していた」

「感心……マジすか？」

「本当だ」

「照れるー」

銀華がなにに感心したのかはわからなかったが、理由を聞くことはしなかった。

余計なことをして、この微笑みを消したくない。

「んじゃ、撮ろっか。コユピ、コユピ」

銀華を引き寄せて、彼女の小指と自分の小指を合わせて撮影を始める。

ハイテンションなアナウンスとともに撮影が終わると、琉花は銀華を連れて撮影ブースから落書きブースに移動した。目が倍くらい大きくなった自分たちを見てドン引きする銀華をよそに、琉花はペンで落書きをしていく。

「プリには『ズッ友』がマストっしょ」

「ずっとも……」

銀華は少し考えるように呟いてから、照れくさそうに言った。

「ずっと、友達……？」

琉花は勢いよくペンを掲げると、プリクラに花丸マークを書き込んだ。

琉花たちがゲームセンターを出ると、ショルダーバッグから振動音が聞こえた。

取り出したスマートフォンの画面に、薄暗い部屋でマイクを持つめいりの写真が表示されていた。その下には『カラオケ　きたれり』というメッセージと目印ピンを立てたマップ画像が表示されている。

「なんかめいひなが近くでカラオケしてるっぽいんだけど、合流していい？」

いつもならなにも考えずに向かっているが、今は銀華と一緒だ。

琉花にとってはめいりもひなるも銀華も友達だが、彼女たちにとってはまだ違う。了解は取っておくべきだ。

「ああ、彼女たちなら構わないよ」

すんなりとした了承が嬉しくて、琉花は笑みを浮かべつつひなるにメッセージを返した。

銀華とともに歩き出す。もはや通行人は気にならない。早く友達のもとに行こう。

カラオケ店にたどり着き、店員に確認をとってふたりがカラオケルームに入ると、

「キタ〜〜〜！　ホントに四十七さんいるも〜〜〜〜！　おいでませぇ〜〜〜〜！」

エコーがかったひなるのビブラートに鼓膜を揺らされた。

ガチでうるさい。ここまでの盛り上がりを返して欲しい。

ひなるへの不満に琉花が顔を険しくしていると、ジュースを飲んでいためいりが銀華を見つめて顔をほころばせた。

「あれ、四十七さんいつもと雰囲気違うね。きれい度マシマシじゃね？」

「えっへっへ〜、照れんぜ〜」

「なんで琉花が照れてんの？」

めいりが半笑いでツッコミをいれると、間奏が終わったのか、ひなるの歌声がカラオケルームに轟(とどろ)き始めた。やはりうるさかった。

銀華はコロールの袋をソファに乗せてめいりの近くに座った。

「琉花に化粧品店に連れて行ってもらってね。そこで化粧をしてもらったんだ」

「あー、そういうことね」

「初めての化粧だったので緊張した。琉花がいなかったら逃げ出していただろうな」

「え、初メイクってマジ？　うわ、キチョーなところを見逃し………んおぉ？」

めいりはあくびに似た声を漏らすと、ジュースのカップをゆらゆら動かして、

「なんか……今、変じゃなかった？」

「変ってなにがよ？」

「なんか四十七さんが、初メイクして、緊張して、逃げて……いや、逃げてはないけど……」

めいりは額をとんとんと押さえた後、あ、と声を出した。

「わかった。琉花を名前呼びしてるんだ」

「お～、気づいたか～。気づかれちゃったか～」

にやつきつつ、琉花は自分のショルダーバッグに手を突っ込むと、ついさっき撮ったばかりのプリクラをめいりに突きつけた。

「あたしら今日から琉花銀華のハナハナバディで行くんで。ヨロヨロ」

「な、なにそのプリ。うらやま……」

「ずるいずるいずるいずるいずるい!!」

ひなるの絶叫がマイクを通して何倍にも増幅され、琉花たちの耳を痺れさせた。狭い部屋の壁がびりびりと振動し、めいりのドリンクに飛沫を立たせた。

「ひなだってしじゅ、銀華ちゃんと仲良くなりたいも！　ねね、銀華ちゃん。ひなも下の名前

で呼んでいい？　呼ばせて！　呼ぶね！」

「あ、ああ、構わ、ないが……」

「んじゃ、ウチは銀姐さんでいい？」

「す、好きにしてくれ……」

銀華が承諾すると、ひなるとめいりは達成感に満ちた表情を交わし合った。なにがあったのか知らないが、今日はふたりとも気分がノッているように見える。

……いや、普段からこんなもんか。

「ひなる。めいり。今日は誘ってくれてありがとう。会えて嬉しい」

銀華が微笑みかけると、ひなるとめいりはぴたりと動きを止めた。

「や、やば……一瞬息できなかったも……」

「やっぱ銀姐さんってきれーだよね……癒やされる……」

「あんたたち秒でデレすぎじゃね？」

琉花が友人たちを眺めつつソファに座ると、銀華から曲を入力するためのポータブル機を突き出された。

「私は流行の曲を知らないので、歌うのは遠慮しておく」

「え、せっかくカラオケに来たんだし、銀華の歌聴かせてよ」

琉花がポータブル機を突き返すと、銀華は当惑した表情になった。

「ム……しかし、私が知っているのは古い曲ばかりで……」

「それでいーって。めいもひなもわけわかんない曲ばっか入れんだから」

琉花の勧めによって銀華が渋々ポータブル機を操作すると、カラオケルームのテレビにアルファベットの曲が表示された。

「これってどんな曲？」

「……大昔のメタルだよ」

ひなるの歌が終わり、琉花とめいりが拍手をしていると、すぐに次の曲のイントロが入った。マイクを受け取った銀華は、今まで見たことないほど安らかな顔をしていた。

――結論から言えば、銀華の歌声はすごかった。

カラオケの安い電子音だというのに、銀華の声が重なるとＥＤＭアレンジされたように聞こえた。歌詞の意味はわからなかったが、その熱い旋律は心を揺り動かし、琉花たちの気分を高揚させた。

祓気が出ていないのに銀華が輝いて見える。女神のようなその姿に見惚れ、琉花たちは彼女が歌い終わるまで動くことができなかった。曲が終わってカラオケ店のＢＧＭが戻ってきても、その金縛りは続いていた。

「うまー……」

最初に立ち直ったのはめいりだった。顔を幼女のように緩ませている。

「すごい！　すっげー！」

ひなるはそう叫ぶと、ネイルが飛んでいきそうな勢いで拍手した。

「疲れた。しばらく休憩する」

そう言うと、銀華はテーブルにマイクを置いてソファにもたれかかった。銀色の美しい髪がソファに垂れ下がり、きらきら光っている。

「楽しさで疲れるのなんて久しぶりだな……」

その言葉で、琉花の中に安心感と高揚感がとめどなく溢れてきた。

「嬉しいこと言ってくれんじゃん……」

琉花はポータブル機に持ち歌を入れると、マイクを握って勢いよく立ち上がった。

「よし、今日はどんどん歌おう！　みんな喉がかれるまでいこう！」

「……疲れていると言ったんだが？」

「そんなの関係ねえ！　なぜなら！　あたしらの！　体力は！　無限！　だから！」

呆れる銀華。笑うひなる。面白そうなめいり。

彼女たちの前で琉花はマイクに声を吹き込んだ。

もちろん、くたくたになるまで！

六章 エモ言われぬ衝撃

闇(やみ)の森に雷鳴じみた金属音が響く。

数分間続いたその轟音(ごうおん)は、出現した時と同じく一瞬で消え去った。

木々が音を立てて軋(きし)み、銀華(ぎんか)の周囲に倒れていく。山のように降り積もっていた黒い砂はその衝撃で吹き飛び、霧のように撒(ま)き散らされた。

意識を集中し、索敵のために祓気(ふつき)を周囲に飛ばす。引っかかるものはない。この場に敵はもういない。戦闘終了だ。

銀華が手に持った銀槍(ぎんそう)を収めようとすると、霧の向こうからぱんぱんと拍手の音が聞こえた。

「お見事な腕前。流石は我らが希望」

ロングコートを羽織った長身の男は、青白い顔に微笑(ほほえ)みを浮かべ、感慨深そうに頷(うなず)いていた。

「見ていたのなら手を貸すべきだと思うが」

「ワタクシがアナタに手助けなどぉ。ご冗談をぉ」

男は不自然に肩を揺らして笑いながら、

「ワタクシはサポート型のハンター。エキソフォースは貯蔵量も出力量もアナタに遠く及びま

せん。最強のヴァンパイアハンターであるアナタの戦闘に介入するなんて、足手まといどころか巻き添えになるだけですよぉ」

男の言葉は間違いではない。

彼は本来戦闘員ではないし、得意とする祓気も斥候や索敵だ。銀華とヴァンパイアとの戦闘に関われば命を落とす可能性は高い。遠方から戦いの動向を見守ることが彼の仕事で、最良の行動だ。

「一度拠点に戻りましょう。もうこの場にヴァンパイアはいないようですしぃ」

またしても男の言葉は間違いではない。

戦闘を終えたのならば仲間のもとに戻るべきだ。周辺にいないとはいえ、この山にはまだまだヴァンパイアがいる。ここで立ち話しているような暇はない。

銀華は再び銀槍を消そうとして――その動きを止めた。

「よい機会だ。以前から気になっていたことを聞こうと思う」

銀華の言葉に男は首を傾げる。

「気になっていたこと……なんでしょうかぁ？」

「あなたはどうして狩人に？」

「どうしてとは、どういう意味でしょう？」

面白そうに微笑む男に対して、銀華は目を細めた。

「狩人には誰しも狩人になるべく理由を持っている。私のように先達を継ぐ形で狩人になった者。親類や友人の復讐のために狩人になった者。各国中枢機関からの指令で狩人になった者……かつてのあなたは人類を守るための使命感、と言っていたな」

「ええ、そうですねぇ」

「それは本当か、と聞いている」

銀華の問いに男は唇を閉ざす。その顔に動揺は見えなかった。

「眼球運動や表情の動きから発言の真偽を読み取る能力。アナタのそれは祓気の到達点のひとつですねぇ」

男は銀華への賛美を呟きつつ、彼女の光り輝く手元に目を配った。

銀華がこの瞬間にも攻撃できることを確認すると、男は皮肉げな笑みを浮かべて話し始めた。

「ハンターになる前のワタクシがシリコンバレーで働いていたことはご存知ですかぁ？」

「ああ、知っている」

「企業ＣＥＯがヴァンパイアだったことも？」

「……ああ」

重々しく頷く銀華に対して、男は面白そうに笑った。

「ＣＥＯが正体を現した時、ワタクシは世界に感謝しましたぁ……ハンターの皆様に命を助けていただいたこともそうですがぁ……怪物が実在したことに、です」

瞬間、銀華の祓気が高ぶった。

ヴァンパイアハンターは人間だ。どれだけ理性で縛り付けようと、どれだけ理屈を組み立てようと、ヴァンパイアに同情心を抱く者や傾倒する者は出てしまう。

目の前の男がそうであるならば、この場で手を下さなければいけない。

殺気立つ銀華の前で、男は穏やかに語る。

「人の世は善人と悪人によって作られています。人助けのために人生すべてを費やす方もいれば、人を貶めるためだけに生きる人間もいる……ですが、ヴァンパイアは違います。彼らは自身の持つ本能、殺人衝動と吸血衝動を抑えることができない。対話はできても理解し合うことはできない。人類にとっての絶対悪。それがヴァンパイア……そうですよねぇ？」

「なにが言いたい」

「人類を守るという観点で見れば、彼らを滅ぼすことは絶対的に正しい行いです……正しい行いは心地がいい。自分が正義として力を執行している快感はなにものにも代えがたい」

そこで言葉を切ると、男は灰色がかった目を細めた。

「圧倒的な正義の側に立ち、充足に満ちた日々を送る。それがワタクシの目的です……自分でも歪んだ欲望とはわかっていますが、どうしようもないのです」

自分の快楽のためにヴァンパイアを殺戮している、と男は言った。

それは使命感や復讐心で動いている狩人たちにとって受け入れがたい動機だ。おそらくこの男はそういった狩人たちからの非難を見越して、『人類を守るため』という美辞麗句を騙ったのだろう。自身の異常性は自覚している。そういうことらしい。

彼が明かした動機に対して、銀華は小さく溜め息を吐いた。

「それが、あなたの狩人になった理由か」

「ええ……嘘かどうかはわかるでしょう？」

目の動き。表情。筋肉の反応。祓気の流れ。

それらを観察して、銀華は男が嘘をついていないことを改めて確認してから、

「そういうことならば、そのままで構わない」

手を一振りして銀槍を霧散させた。

不埒な動機ではあるが、この男が人類の味方であり、ヴァンパイアの敵であることには変わりない。処罰する意味はない。

数ヶ月後に大規模な戦いが始まるという噂も流れている。おそらくその時はヴァンパイアハンター全体の力が必要となるはずだ。不埒な動機や相容れない思想のために仲間同士で争っている場合ではない。

「ありがたきお言葉感謝いたします。我らが希望」

「その呼び方はやめてくれないか……」

「なにをおっしゃいます。アナタは最高峰の戦闘技術とエキソフォースを兼ね備えた最強の

ヴァンパイアハンター。そのアナタが希望でなければ、なにを信じてよいのやらわからなくなってしまいますよぉ」

うやうやしく一礼をする男に対して、銀華は嘆息を返した。この男を説得しようとしても徒労に終わるだけだ。

その後、銀華と男はもう一度索敵行為を行い、拠点への撤退を開始した。

森を駆けて拠点を目指すさなか、頭にひとつの考えが浮かぶ。

この男はヴァンパイアを倒すことが正義であり、そのために生きていると言った。

それならば、ヴァンパイアを撲滅した後、彼はどうするのだろうか。

頭に浮かんだ曖昧な考えは、周りの木々と同じく後方に過ぎ去っていった。

◆　◆　◆

超楽しい休日が終わり、それなりに楽しい平日が戻ってきた。

午前の授業に耐え抜いた琉花たちは、銀華の席に集まって昼食を取った。

銀華が持ってきたトルコ料理弁当についてひとしきり盛り上がった後、食事を終えた琉花がスマートフォンを眺めていると、

「そいや、銀姐さんってなんで手袋してんの？」

めいりが自分の爪にネイルアートを施しながら言った。

毎日のごとく銀華の手についている黒手袋。戦った傷を隠すためか。祓気の制御のためか。ちゃんとした理由は琉花も知らなかった。気になる。

「特殊な皮膚病を患っていてね。外気に触れると手の肌が荒れてしまうんだ。学校には許可をもらっているので、体育の授業でもつけっぱなしだ」

自分が嘘つく分にはいいんだよなぁー……ずるいなー……。

琉花が嘘を見抜くことのできる友人に不平等さを感じていると、めいりも残念そうに顔をしかめていた。

「銀姐さんにネイルしたかったな。黒とか似合うと思うんだよね」

「ねいる……今さらなのだが、この学校は化粧禁止ではないのか？」

銀華が囁くと、弁当を口に詰め込んでいたひなるが顔を上げた。

「ヒエコーはメイク禁止じゃないも。髪を染めてもいーし、ピアスだっておっけおっけー……つか、誰も言わないからひなが言うけど……銀華ちゃんがそれ言う？」

「ム……」

銀髪銀眼にピアスにアクセサリー。銀華の格好は普通の高校では校則違反間違いなしだ。それが許されているのは、飛燕高校の校則が『ゆるい』からに他ならない。

「つか、禁止どころかオススメしてるんすよ。特に谷ちゃんがすごくて。『メイクを知らずに社会に出て恥かくよりも、今のうちに失敗して恥かいとけー』みたいなことを入学式でぶちかまして、男の先生ドン引きさせて……」

ひなるの話を補完するように琉花が言うと、めいりとひなるが苦笑いを浮かべた。

「かっこよかったけど、ショージキ怖かったね」

「シューネン感じたも……学生時代になんかあったんかな……」

三人で頷き合っていると、琉花の視界の片隅に真面目グループの女子たちが映った。

「あ、メイクってなら、ちなみもしてるっしょ」

「速水さんが？」

「うん。おーい、ちなみー。今日メイクしてるー？」

琉花が声をかけると、ちなみは肩をぴくりと動かした。

ちなみは艶のある黒髪を揺らして振り返ると、照れくさそうにはにかんで小さく頷いた。

あーいう清楚メイクのほうが銀華には合ってるかもなー、などと考えていると、めいりが机の上に別のボトルを取り出していた。

「つーわけで……銀姐さん。メイクするよ」

「なにがつーわけでなんだ。まったく繋がっていないぞ」

「だって銀姐さん。今日もノーメでしょ。もったいないじゃん。美人なんだし」

「ノ、ノーメイクではない。化粧水は塗ってきたぞ」

「おおー、銀華ちゃん成長中だもー」

ひなるが肩をがっと押さえて銀華の動きを封じる。

銀華の力ならひなるを吹き飛ばすことは簡単なはずなのに。文句ありそうにしつつも、めいりのメイクに抵抗する気はないらしい。

欲しがりめー、と琉花が三人を眺めてにやついていると、

「も、盛黄(もりき)ー」

水を差された気分になりつつ顔を向けると、教室の前扉にクラスメイトの男子が立っていた。

あの男子の名字は近戸(ちかど)だったはずだ。下の名前は忘れた。

三人に断ってから、席を離れて近戸の元に向かう。

「どしたん近戸」

琉花が声をかけると、近戸は落ち着きなく短髪をぽりぽりと搔(か)いた。

「盛黄に話があるって人がいて、体育館の裏で待ってるから、来てくれって」

「話って、誰がよ?」

「吉山(よしやま)先輩。サッカー部の」

「マジで誰?」

「お、俺(おれ)だって呼んでこいって言われただけだから。詳しくは知らねえよ」

近戸は気まずそうに流花から目を背(そむ)けている。

呼び出されるということはどこかで知り合ったことがあるはずだ……しかし、まったく心当たりがない。

「あたし、その人になんかした?」

「だ、だから知らねえんだって」

近戸は狼狽(ろうばい)している。その姿は悲壮感溢(あふ)れるもので、嘘を見抜く能力がなくても本当のことを言っているとわかった。

これ以上聞いても困らせるだけか。

「んま、おっけおっけ。体育館裏に行けばいいんよね?」

「おう……じゃ、じゃあそういうことで……」

「あ、待て待て」

立ち去ろうとした近戸の肩を引っ張る。

そもそもここが近戸のクラスだというのに一体どこに行こうとするつもりなのか。

「な、なんだよ……?」

「や、近戸さ。おなクラなんだからそんな緊張しないでよ。これから春まで一緒の教室で授業受けんだし。もっと気楽な感じでいーっつーか」

「あ……わ、わりい……」

「だから謝る必要ないって。意外と面白いね、近戸って」

素直に感想を言うと、近戸の顔はみるみる赤くなっていった。その目は落ち着きなく琉花の体をさまよっている。

おっと、こいつも男子だな。

別にいくら見られても減るものではないが、これだけは言っておかなくてはいけない。

「おいおい、あたしに惚れんなよ～？」

「………あ……う……」

「……ツッコむとこっしょ今のは」

呆れながら近戸の肩を叩いて教室を出る。

年頃の男子は惚れっぽくて困んぜ。


「俺の女になれよ」

体育館の裏で聞いたその言葉に琉花は白目を剝いた。

琉花の前に体格のいい男子生徒が立っている。金色に染めた髪を逆立たせ、一重の瞳でこちらを舐めるように見つめている。足を落ち着きなく動かしているため、なにかに焦っているようにも見える。

「あー……吉山パイセンってあたしとは初めまして、っすよね？」

「あん？　ちげーっつの」

ぶっきらぼうな言い方に不快さが湧き出てくる。

間違いなく吉山と琉花は初対面だ。会ったことがあるのなら、この偉そうな態度を忘れるわけがない。

「や、覚えてねっす」

「チッ……この間、街ん中で会っただろーが」

「街で……？」

「覚えてねーとは言わせねーぞ」

その時、琉花の頭にぼんやりとした映像がよぎった。

この間の休日、銀華とキッチンカーで買ったクレープを食べていた時、ふたりは男子たちに追われた。ゲームセンターに入って追跡を撒いたが、あの中に金髪の男子がいたような気がする。いなかったような気もする。

「あー、もしかしてあん時、こっち見てた人……すか？」

「あ？　見てたのはお前だろーが。俺のことじろじろ見つめやがって」

ぞく。

「や、それ、勘違いだと思うんすけど」

「照れんなよ、琉花」

ぞくぞくぞく。

「下の名前で呼んでいいとか言ってないっつーか……」

「お前ってギャルだし、男好きなんだろ。仕方ねえな、付き合ってやるよ」

ぞくぞくぞくぞく。

うお～～～～～～～～こいつ、やっべぇ～～～～～～～～～～!!

あんなん会った中に入んないっしょ。脈なしなのわかんないのかこいつ。ちょっとくらい知り合ってから告れよ。誰か連れて来ればよかった。ギャルとビッチは違うっての。どう断るべき？　逆恨みされても困るし、うまい具合にやんないと……わー！　ムズいムズいムズい！

「正直になれって。いい思いさせてやんぜ？」

琉花が混乱していると、いつの間にか吉山が目の前に立っていた。

無遠慮に肩に手を置かれ、寒気が最高潮に達する。

――さよなら。吉山パイセンのアレ。

――すんません。吉山パイセンのご両親。お孫さんは諦めて。

吉山の両親に謝罪しつつ琉花が太ももに力をこめると、吉山の顔が醜く歪んだ。

「うぐっ」

彼の頭がふたつの手に挟まれている。

吉山の背後から伸びている黒手袋は、次第に銀色の光を放ち始めた。

「嫌がっていることがわからないのか？」

「だ、誰だ。てめえ……」

「貴様に名乗る名などない」

「なに言っ……あがっ！　がががっ、がっ！」

吉山の手足がじたばたと乱雑に動き、彼の顔から表情が抜け落ちていく。

頭から黒手袋が離れていくと、吉山は力なくその場に崩れ落ち、四肢を土の上に投げ出した。

「ぎ、銀華……」

吉山の後ろにいたのは四十七（しじゅうなな）銀華だった。

銀華は厳しい眼差（まなざ）しを吉山に向けつつ、祓気を収めていく。

「見に来て正解だったな」

「よ、吉山パイセンになにしたん？」

「弱めの祓気を流して気絶させた。安心してくれ。数分もすれば目を覚ます」

めいりたちのメイクを抜け出してきたのか、銀華の顔にはチークが塗られていた。頬骨（ほおぼね）あたりがほのかにピンク色になっている。

琉花はだらしない表情で気絶する吉山を見つめつつ、銀華に向かって苦笑いを浮かべる。

「言いたいことは色々あるけど……助かったわ。あんがと」

「どういたしまして。では、教室に戻ろう」

「いやいや、この人、保健室に連れてかねーと」

「……ム？」

唸り声を出しながら銀華は琉花を見つめた。

彼女の顔には理解不能という文字が浮かんでいるように見える。

「なぜそんなことをする必要があるんだ。その男子は君を襲おうとしたんだぞ」

「まー、そーだけど、今は気絶してるわけだし、放置すんのかわいそーっしょ」

「かわいそう……？」

「え、うん……え？　なんかダメ？」

「ダメではないが……」

銀華は喘ぐように口を開閉してから、首を横に振った。

「琉花、なぜ君はそんなに優しいんだ？」

「……はいぃ？」

ストレートな褒め言葉にたじろぐ。

いつもの琉花なら軽口で返せていたし、素直に受け止めることもできたが、今は吉山に迫られた緊張が残っていて挙動不審な反応になってしまう。

「どしたん急に。あたしこの間の遊びでお金使いまくっちゃって今月ピンチなんすけど。なにも出せないんすけど」

「おだてているわけではなく本当に知りたいんだ。この男子は君を暴力で言いなりにしようとした悪人だ。それなのに君は保健室に連れていくという……なぜ悪人相手にそこまで親切にできる？　なにがあったらそんな優しい人間に育つ？」

「ぐ、ぐいぐいくんじゃん……」

わざとらしく怯えてみせても銀華が引いていく様子はなかった。

そんならこっちもマジに答えるか……でもなー……。

「特にそーいうのはないっつーか。そーいうのが今までフツーだったっつーか……あたしはフツーよ。フツーギャル……フツーギャルってなんだろね？」

「思い出せる限りでいい。思い当たることを話して欲しい」

「おふざけもスルーっすか」

銀華の追及に疲れを覚えつつ、琉花はスカートを押さえて吉山のそばにしゃがみこんだ。

吉山の右腕に両手を添える。サッカー部所属であるからか、その腕は太く、彼の体は琉花ひとりの力では持ち上げられそうにない。

「んじゃ、吉山パイセン運ぶの手伝ってくれたら思い出すの頑張ってみる……」

琉花が吉山を指差すと、銀華は嫌な顔をしながら左腕に手を伸ばした。

ふたりで吉山を引きずりながら校庭を歩く。

吉山の足は地面に擦り付けられ、腕は肩の裏側に回りそうな角度になっている。ひどい運び方ではあるが、無理矢理迫られたこともあって罪悪感はなかった。

吉山を引きずりつつ、琉花は銀華の質問についての考えを巡らせていた。

「や、マジでないね。優しさエピ……」

脳内で『優しさ』を検索しているが、引っかかる件数はかなり少なかったし、めぼしいものはなかった。せっかく銀華に褒められたというのに、これではむしろ優しさから乖離した生活を送っているようだ。

「思い浮かぶ限りでいい」

「そう言われてもなー……んー……」

なんかないか。なんか……。

「りょーこさん……あたしのお母さんが看護師なんだけど、小学生ん時に学校に授業に来てさ。『命は大切なんで、優しさを忘れないでください』的なこと言ってた……母親から保健の授業受けんの気まずかったなー……」

琉花が苦笑いをしても銀華の表情は崩れなかった。

それだけか？　と言われているような気分になり、琉花はもう少し脳内を探った。

「あとはー……おばーちゃんに『人には色んな立場があるからそういうのわかってやれ』って叱られたとか……おじーちゃんが『困った時は心に従え』って励ましてくれたとか……そんな感じでー……うー……」

壊れた掃除機のような唸り声が出てしまう。

もっと落ち着けば色々出るかもしれないが、体育館裏から保健室という短い距離ではこんなしょうもないことしか思い出せない。

こりゃお銀さんも鬼おこだよな……。

こわごわと横を見ると、なぜか彼女は納得したような顔を浮かべていた。

「そうか……琉花にはなにもないんだな……」

「すげー傷つくんすけど⁉」

琉花が愕然(がくぜん)としていると、銀華は柔らかい笑顔を浮かべて頷いた。

「いや、それでいいんだ……というか、それがいいんだ」

「え、なに？　どゆこと？」

「大丈夫だ。私は満足した」

「こっちはゼンゼン大丈夫じゃないんすけど⁉」

「大丈夫だ……大丈夫なんだ」

「勝手にいい顔して勝手に納得すんな！」

その後は琉花がどれだけ追及しても銀華はうんうんと頷くだけだった。

保健室に吉山を任せた後もなぜか彼女は嬉(うれ)しそうに微笑んでいた。

わけわかんね～！

今日のアルバイトは日が沈む前に終わるので、銀華に『送り迎えは必要なし』とメッセージを送っておく。スタッフルームで給仕服に着替えている時、銀華から『承知致しました』というコチコチの文が返ってきて、思わず笑ってしまった。

今日の琉花はレジ担当だ。レジの定期点検をした後、ダスターでレジ周辺を掃除する。

なぜかはわからないが、今日は客足が落ち着いているようだ。琉花としては忙しく動き回っているほうが好きなので、こういう時間は退屈だった。

「おっちゃん就職できたかな～……」

数日前に来た無精髭(ぶしょうひげ)の中年男に思いを馳(は)せる。

あの男は就職すると叫んで店を出ていったが、あの後一体どうなったのだろうか。琉花にとって就職活動は遠い話であり、いまいち想像しにくいことだった。

ぼうっと店内を見ていると、机を拭く八木(やぎ)ときわが目に留まった。

「そーいや、ときわさんって就職どーすんすか?」

「ぐふぅっ⁉」

ときわの体がいきなり折れ曲がった。

「ど、どしたんすか?　大丈夫すか?」

「だ、大丈夫です……必死に目を背けていたことを突きつけられてびっくりしただけで……」

ずれた眼鏡を直しつつ、ときわは苦しそうに言った。

琉花にとっては遠い話でも、大学生のときわにとって就職は目の前の話らしい。

「あ、ときわさんって漫画描いてるし、漫画家目指して……」

「イーッ！」

「マジで大丈夫っすか⁉」

ときわは琉花にぎこちなく頷きを返すと、ぜいぜいと息をつきながら言った。

「あ、あのですね……琉花さん……プロの漫画家と同人作家は少々違うものでして……」

「で、でも、ときわさんの漫画うまいじゃないっすか」

「うっ、ま、真っ直ぐな褒め言葉が眩しすぎるぅ……！」

ときわは手に持ったダスターを両手でぎゅっと握りしめると、たどたどしく話し始めた。

「い、一応、出版社への持ち込みとか、コンクールへの応募はしていますが……目標としている少年誌系とは毛色が合っていないようで……軌道修正を頑張ってはいるのですが……あまりうまくいっていなくて……」

「はぁ……なーほー……？」

琉花にとってときわの悩みはわかりにくかった。挑戦しているのだからそれだけで偉い気がしたが、どうにもそういうことではないらしい。

こーいう時にシロートが変に口出しするとこじれるから、黙るのが正解。

琉花がうんうん頷いていると、入り口のベルが鳴った。ホール担当のときわが応対のために入り口に向かう。

「みんな色々大変なんだなぁ……」

レジにもたれながら呟く。

琉花の周辺の人物は将来のためになにかに打ち込んでいる。めいりはモデル。ひなるはダンス。ときわは漫画。中年男は就職。琉花はそんな彼女たちの傍らで日常を送り、その場その場を楽しんでいる。

今はそれを満喫しているが、いつまでもこのままでいいのかと自問してみると、なんだか落ち着かない。

「銀華はどーなんかな……」

あのヴァンパイアハンターの美少女には、なにか将来の目的があるのだろうか。

今度それとなく聞いてみっか。

アルバイトを終えて店を出ると、オレンジ色の明かりが琉花の体を包んだ。

一瞬のどかな気持ちになったが、日が沈む前に帰らなければならないことを思い出した。銀華との約束はもちろんだが、不審者と遭遇する危険性も考えてのことだ。最近暖かいし。

琉花が小走りで歩道に踏み出すと、

「あ？　お前……」

後ろから男子の声が聞こえた。

反射的に振り返り、すぐにそうしたことを後悔した。琉花の後ろには金髪と浅黒い肌を持った男子が立っていた。

「げ……」

琉花がげんなりした声を出しても、偶然出会ったことの驚きが勝っているらしく、吉山が怒り出すことはなかった。

彼は不思議そうに琉花と『ビアンコ』を見比べて、

「お前、あそこでバイトしてんのか？　あれ、でも、うちの高校ってバイト禁止じゃ……？」

そこでなにかに気づいたのか、吉山は笑みを浮かべた。

「なあ、盛黄。俺が学校にお前のバイトのことを言ったらどうなると思う？」

吉山は昼間見せたような嫌な雰囲気をまとって琉花を見下ろしている。

うわ……脅す気じゃん……。

「説教はゼッテーくらうだろうし、なっげー反省文も書かされるだろうな。もしかしたら停学とか退学になるかもしんねー……そうなったらお前、最終学歴中学かよ。うわ、最悪だな」

「はぁ……そすかね……？」

「そうに決まってんだよ。バーカ」

いない。

断定と罵倒のコンボ。吉山は自分の考えに酔っているようで、琉花の冷めた反応に気づいて

「そうなりたくなきゃ、わかるよな?」

「わかるって、なにが?」

「俺の言うこと聞けば、バイトのことは黙っといてやるつってんだよ」

吉山の言う通り、飛燕高校は原則アルバイト禁止だ。

彼の想像は大げさではあるが、おおむね間違っていない。認可していない労働行為が学校に知られれば、説教や反省文は避けられないだろう。しかし、

「や、あたし、学校の許可もらってバイトしてるんすけど……」

琉花の言葉を聞いて、吉山は、えぁ? と間抜けな声を出した。

琉花は頭の中で言葉をできるだけ整理してから、

「あの、ヒエコーは『原則』バイト禁止なんで、届け出を出せば結構オッケーもらえちゃうっつーか……担任もあたしがあそこで働いてることは知ってるんで……パイセンに黙ってもらうヒツヨーない……みたいな……」

飛燕高校は家庭の経済事情を考慮して生徒たちにアルバイトの許可を出してくれる。盛黄家は母子家庭のため、簡単にバイト許可をもらうことができた。

つまり、飛燕高校に報告されようと、琉花にとっては痛くも痒くもないのだ。

「つか、パイセンってあたしを彼女にしたいんじゃないんすか？　それだったら脅すよりも、口説いたり、自分のいーとこアピったりしたほうがいいじゃないかなって思うんすけど……」

今んとこ先輩よりストーカーのおっちゃんのほうがマシっす。

琉花としてはそれを一番伝えたかったが、流石にそれは吉山を必要以上に刺激しそうだったのでやめておいた。昼の行動で吉山のプライドが高いことはわかっている。

爆弾処理は慎重にしなければ。

「思い上がってんじゃねーぞブス！」

あ、爆発済みだったわ。

「おめっ、おっ、おめーなんてどうでもいいんだよ！　あの銀髪女が本命で……お前はその踏み台なんだよ！　調子こいてんじゃねーぞクソビッチ！」

どうやら吉山は自分ではなく銀華を狙っていたらしい。

本命を落とすために別の女子を狙うというのはよくわからない思考だし、そもそも吉山はその銀髪女に敵意をもたれている。完全に脈なしだ。

「パイセン。シンセツシンからアドバイスするんすけど、あの子を狙うのやめたほうがいいっすよ。色々ハードル高いし」

「おめーなんかに言われなくたってわかってるっつの！　おめーみたいなやつと絡んでんだからどーせあいつもクソ女なんだろ！　あんな変なやつこっちからお断りだっつの！」

「…………あ？」

その瞬間、神経が逆立った。

自分のことはいくら貶(けな)されても構わないし、脅されたとしても一時の気の迷いということで許すことができる。実際今までそうやって暮らしてきたし、トラブルもやり過ごしてきた。

だが、銀華については違う。

彼女はこの世界を守るために奮闘してきた。琉花や吉山がのうのうと暮らしている世界を守るために必死で戦ってきた。その彼女に対して無知な男が暴言を吐くなど、到底許されることではない。

琉花は思わず笑みを浮かべた。まさか自分がこんな怒りを覚える日がくるなんて。

「あんさー……あんた、さっきの脅しダサいって気づいてる？」

「あ？」

「そーなりたくなきゃわかるよな、って。なにあれ。あれで人に言うこと聞かせられると思ってんなら、エロ漫画の読みすぎっしょ。女子とまともに付き合ったことないなら、ないってサイショに言いなよ。ダサすぎ」

「あ……い……この……」

吉山の顔が赤を通り越して青白くなっていく。

あ、やべ、やりすぎた。

「う、う、うるせえ！」

吉山は口を大きく開くと、四白眼になって拳を振り上げた。

まさか一日に二回も襲われるなんて。しかも同じ相手に。

琉花が回避に備えて吉山の拳を眺めていると、

「ぐがっ⁉」

昼も聞いた叫び声が聞こえた。

いつの間にか吉山の首から黒い手が伸びていた。彼の足は地面と少し離れた位置にあり、体全体がぶらりと揺れている。

「お嬢さぁん。ご無事ですかぁ？」

そのダークスーツの白人男性は、二メートルほどの長身を猫背にして、灰色がかった瞳で琉花を見下ろしていた。

日本人には見えなかったが、先程の言葉から日本語は通じるようだ。

「あ、ど、ども……」

「いえいえ、お気になさらず」

「は、はなぜ……ぐぎっ！」

吉山はじたばたと暴れているが、男の体は微動だにしない。

この人、ヤバい。

この男からは今までの不審者とは別格の雰囲気を感じる。しかし、足が金縛りになったように動かない。

体に備わった本能が逃げるべきだと言っている。しかし、足が金縛りになったように動かないし、最低な男とはいえ吉山を見放すわけにもいかない。


「あ、あのー、そいつはあたしの友達で……できれば離してやって欲しーんすけど」

琉花が言うと、男は唇を不気味に動かして、

「とてもご友人には見えませんでしたがねぇ」

「け、喧嘩するほど仲良し的な。ニッポンノブンカー。オーケイ?」

「ふぅむ……」

男は灰色がかった目を細め、片手で自分の懐を探った。

「ではご友人ではなくしましょう」

男が懐から取り出したのは小さな瓶だった。尖った先端が特徴的なそれには、粘度の高そうな暗褐色の液体が入っていた。

琉花がなんとなく嫌な気持ちで小瓶を見つめていると、男はそれの先端を親指で折り、吉山の口に突っ込んだ。

「かふっ！　ガフウッ！」

吉山が咳き込むが、男の手に塞がれているせいで小瓶を吐き出すことができない。呼吸すらできないのか、みるみるうちに吉山の顔から血の気が引いていく。

「ちょ……なにしてんの！」

「ご友人ではなくすお薬……ですかねぇ」

「よ、よくわかんないけど、離せっ！」

叫び声とともに繰り出した前蹴り(まえげ)は、男の片手に容易(たやす)く受け止められた。

その力強さに恐怖を覚え、足を引こうとするが、まったく動かない。

「自分を襲ってきた男のために戦おうとするとは……アナタには勇気がありますねぇ」

「うわわわわっ！」

男が腕を引くと、琉花の体が後ろに傾き、あっという間に世界が真っ逆さまになった。

「ですが、それは蛮勇です。ご自分の体はもっと大事にしなさい」

「ちょちょちょ！　逆さはダメ！　今日見せちゃダメなやつだから！」

「見せちゃダメなやつ……？　あぁ、下着ですかぁ……これは失礼」

ふたりの人間を持ち上げているのに、男は平然とした表情を保っていた。

その時、琉花はあることに気がついた。

黒い服。白い肌。恐るべき膂力(りょりょく)を持ち、人を人間扱いしていない。

男の特徴はいつか銀華から聞いた怪物の特徴と酷似していた。

「も、もしかして、あんた……ヴァンパイア？」

懸命にスカートを押さえながら問うと、男は愉快そうな眼差しを琉花に向けた。

「クク……ワタクシがヴァンパイアですかぁ。実に面白い」

「や、やっぱりそうなん？」

聞き返すと、男は首を横に振った。

「いえいえ、違いますよぉ。ワタクシはむしろその反対の存在です」

「は、反対？」

「ええ、ワタクシは――――」

その続きを聞くことはできなかった。

すさまじい速さで飛んできた銀色美少女のキックによって、男の体が十メートル吹き飛んだからだ。

「琉花っ！　受け身をとれっ！」

「え、受け身ってどう取ればいい……うぎっ！」

足から男の手が離れると、琉花は肩から地面に落下した。頭から落下するよりはだいぶマシだが、それでもかなり痛い。

肩を押さえながらよろよろ立ち上がると、仁王立ちするダークスーツの男とそのそばで倒れている吉山、祓気(ふつき)をまとったロングコート姿の銀華が見えた。

「琉花。私の後ろに」

「柔道選択しとけばよかった……」

うめきながら銀華の背中に回る。

銀華はすでに臨戦態勢で、その手には銀色に輝く槍が握られている。

男はそんな銀華を穏やかな目で見つめ、親しみの籠もった声で言った。

「お久しぶりですねぇ、ギンカァ」

「あなたがなぜここにいる。デイヴィッド・ハイゲイト」

男の態度とは反対に、銀華の声は苦渋に満ちたものだった。

ふたりの反応を見れば説明されなくともわかる。銀華とこの男は旧知の仲だ。

男はロングコートをはたきながら言った。

「祓気のキレもお変わりないようで、ワタクシ安心いたしましたぁ」

「私は、なぜここにいるのか、と聞いたんだ。質問に答えろ」

「答えなければ斬りますかぁ？　それは結構ですがぁ……そこの彼、すぐに処置をしなければ手遅れになりますよぉ？」

「手遅れ……？」

そこで銀華は初めて気づいたように吉山に視線を配った。

吉山の様子は異常だった。血の気の失せた顔から大量の汗を出し、荒く短い呼吸を繰り返している。目を開ける様子はなく、苦しげに表情を歪ませている。

「まさか……ヴァンパイア化しているのか……？」

「しているのではなく、させているのです」

「どういう意味だ……！」

銀華と琉花が顔を上げた時、デイヴィッドと呼ばれた男の足周りが薄く光っていた。

「ここは一度引かせていただきます。さようならぁ。ギンカとそのご友人」

たん、と軽い音が聞こえたと思うと、デイヴィッドの姿はそこから消えていた。

「くっ……逃げるな！」

銀華がその場で手を払うと、祓気が矢の形に生成され、空に向かって勢いよく射出される。

見上げると、デイヴィッドが空中に浮かんでいた。

デイヴィッドは足の裏に円形の祓気をまとわせて滑るように空を駆けていく。銀華が放った矢たちは彼の速さについていけず、間一髪のところで避けられてしまった。

超常的な戦闘。あまりにも非現実的な光景。

「ファンタジーアニメじゃん……」

琉花は呆然と呟くことしかできなかった。

七章 仲間#しゅきピ

飛燕高校に復学してから、銀華(ぎんか)は平和を噛み締め(かし)ていた。

まさか自分が同年代の友人と学生生活を送ることができるなんて、ヴァンパイアハンターとして戦っている時は想像もできなかった。

これからもこんな生活を送ることができればいい。

心からそう思っていたし、友人たち——特に琉花(るか)——には感謝していた。めいりやひなると仲良くなれたのも、色々な楽しいことを知ることができたのも、すべては彼女のおかげだ。あの行動力の高さには時々圧倒されることもあったが、魅力的で好ましい印象がぶれることはなかった。

そんな日常を甘受する一方で、銀華は琉花が襲われた件を忘れてはいなかった。

あれから定期的に夜間のパトロールやサーチアプリの確認をしているが、敵の痕跡(こんせき)はどこにも見つからない。狩人同盟への問い合わせも『調査中。原因解明でき次第連絡する』という自動返信以降連絡がない。

手詰まり状態だ。次の休みに日本支部に出向くべきだろうか。

もどかしさに悩まされながら自宅で勉強を行っていると、スマートフォンが揺れた。

琉花からだろうか、と思いつつ手を伸ばすと、サーチアプリの通知が見えた。

マップにヴァンパイアを示す赤い点が示されていた。

ロングコートを身にまとい、ベランダから外に飛び出す。足から祓気を放射して、空中を走って目的地を一直線に目指す。

ようやく尻尾が見えた。この機会を逃すわけにはいかない。

なぜヴァンパイアが突然出現したのか。

なぜヴァンパイアが街中に出没したのか。

なぜヴァンパイアが夕方に活動を開始したのか。

そんなことは後で考えればいい。現地に到着すればおのずとすべての謎が明らかになるのだから。

銀華が目的地の上空に到着した時、地上では琉花を逆さ吊りにしているダークスーツの男が見えた。

その男を見た瞬間、銀華の目が驚愕に見開かれた。

そんなバカな。なぜやつがここにいる。

デイヴィッド・ハイゲイト。

その男は銀華のかつての仲間であり、ヴァンパイアハンターのひとりだった。

◆　◆　◆

デイヴィッドが姿を消すと、琉花と銀華、気を失っている吉山が残された。

しばらく空を呆然と見上げていたふたりだったが、

「ギグゥ……ウウゥ……」

その唸り声で我を取り戻した。

吉山のそばにしゃがみこみ、彼の肩を揺する。意識がないのか、反応はなかった。

吉山は荒々しく呼吸を繰り返し、滝のように汗を流し続けている。明らかに正常な様子ではない。

「ぎ、銀華。吉山パイセン。ヴァンパイアになんの？」

銀華は吉山を見て、『ヴァンパイア化しかけている』と言った。彼女は吉山がどういう状態なのかを把握しているはずだ。

「このまま放置すればそうなる。適性がない場合は絶命する」

「ゼッ……」

銀華の返答に言葉を失った。

吉山は琉花に脅迫と暴行未遂を行った。どう考えても悪人で、罰を受けるべき人間だ。

だが、その罰として死は重すぎる。

「落ち着いてくれ。今の段階ならまだ治せる」

銀華は昼間と同じように吉山の腕をつかむと、道の端まで運んでいった。

琉花も吉山の足をつかんで移動のフォローをする。

「な、治せんの？」

「治せる。ただ、私は治癒専門の狩人ではないので荒療治になるし、人手が必要になる……かなり衣服が汚れるだろうが、琉花にも手伝って……」

「わかった。なにすればいい？」

食い気味に言うと、銀華が目を丸くした。即答されるとは思っていなかったらしい。

銀華は道の端で吉山を横に転がして、彼の横腹に手を添えた。

「今から彼に私の祓気を流し、体内からヴァンパイア因子を排除する。祓気への拒否反応で暴れたり、激しく嘔吐したりするので、琉花には彼が窒息しないように横向きの体勢を保たせて欲しい」

「回復体位を保つってことだね」

「……よく知っているな」

「お母さんが看護師なんで」

銀華は、なるほど、と頷くと、処置のために吉山の学生服を脱がしていった。

「先に言っておくが、第三者が来た時は逃げてもいい。あと、祓気が君に干渉するかもしれないが、危険はないので気にしなくても……」

「いいから、早くやろ」

「……そうだな。君の言う通りだ」

袖をまくってその場にかがみ、背中側から吉山の肩に手を添える。暴れるということなので、力加減はかなり強めに。

「始めるぞ」

体の周りに祓気を滾らせて、銀華はそっと吉山の腹部に手を伸ばした。

瞬間、吉山の体が激しく跳ね、口から絶叫が飛び出した。

「グボエッ！」

吉山は背中側から見てもわかるほど目を見開き、白目の部分を赤く充血させていた。彼の体は激しく痙攣し、琉花の手に不気味な脈動を伝えてきた。

「グアアアアッ！」

激しい絶叫とともに吉山が激しく暴れ出す。サッカー部で鍛えられた手足が振り回され、琉花たちの手前で風を切る。

「琉花！　もっと強く押さえてくれ！」

「う、うんっ！」

「アギッ！　イギィッ！　ウゴガガガア！」

手の力だけでは押さえきれないと判断し、琉花は吉山の上にのしかかった。

男の体で胸が潰れていくが、恥じらう余裕はなかった。早く終わって欲しいという一心で吉山の動きを押さえつける。

「イギイイッ！　ゴボッ！　グガオオオオッ！」

吉山がじたばた暴れるせいで腕も足も痛い。

だが、それでも手を離すわけにはいかない。

ここで手を離したら目の前の命は簡単に消えてしまうのだから。

「カッ……ゲ、ゲコッ……」

カエルの鳴き声のような咳とともに、吉山の口から真っ黒ななにかが飛び出した。

「ヴァンパイアの因子が出たぞ！」

「お、終わりっ？」

「まだだ！　感応しかけている彼自身の因子への処置をする！」

「まだまだってことね！　おっけ！」

琉花は足を大きく開いてその場で踏ん張ることにした。

もはやスカートの中身が見えることへの照れはない。早く吉山を治療して苦痛の時間を終わらせよう。

「よし……よし……」

銀華の声の調子が穏やかになっていく。それと対応するように、吉山の痙攣がどんどん小さくなり、呼吸も緩くなっていった。

頭上から、銀華の長い吐息が聞こえた。

「これで処置は終了だ……もう手を離していい……」

銀華に従って吉山から体を離すと、脱力しすぎたのか、尻もちをついてしまった。

銀華の全身は黒色の液体で汚れていた。ひどい有様だが、自分も同じような状態だろう。

「助かった……ってことでいいんすよね？」

「ああ。しばらく体調不良に悩まされるだろうが、静養に努めればすぐに回復できるはずだ……だが、このままだと胃酸で歯が溶けてしまう。口内洗浄のために水を買ってくるので、琉花は休んでいてくれ」

「うぃーす……」

言葉に甘えてその場にへたりこむと、どっと疲れが襲ってきた。

看護師さんはいつもこんな修羅場で働いてるのか……。

「すごいなー、りょーこさんたち……」

琉花が母とその同僚たちへのリスペクトを高めていると、銀華が戻ってきた。片手には水が入ったペットボトルを持ち、もう片手にはスマートフォンを握っている。

「ついでに救急に連絡してきた。少し待てば救急車が来て彼を搬送してくれるはずだ。保護者への連絡は救急隊に任せよう」

そう言って銀華は吉山の口をこじ開けると、横側からペットボトルの水を注いでいった。その顔には汗ひとつ浮かんでいない。

看護師もすごいけど、ヴァンパイアハンターもハンパないよなー。

琉花が吉山の口からこぼれていく水をぼうっと眺めていると、

「デイヴィッド……なぜこんなことを……」

苦しそうな呟きが聞こえた。

デイヴィッドとはさっきの男のことだろう。ダークスーツを着た長身猫背の白人男。吉山におかしな薬を飲ませ、ヴァンパイア化させようとした超絶危険人物。

「銀華とあの人は知り合い……だよね？」

「そうだ。彼も元ヴァンパイアハンターだ」

「まあ、そっすよね」

銀華の知り合いで祓気が使用できる人物とくれば、ヴァンパイアハンター以外の何者でもない。

「だが、なぜ彼がこんなことを行ったのか、行うことができたのかは……わからない……」

呟きつつ、銀華は空になったペットボトルをめこめこと潰した。

銀華も苛つくことあるんだ、などと考えつつ、乱れた髪を手櫛でとかすと、ねちょりと黒い吐瀉物が手の隙間に挟まった。

「うえぇぇ～……」

手を振ると、そばにびちゃびちゃ黒いものが落ちた。

必死だったので気づけなかったが、思ったよりも吉山の噴出液がかかっていたらしい。

「……彼を救急隊に引き渡したら私の家で体を洗おう。デイヴィッドのこともあるので、今夜は警戒のために泊まっていってくれ」

突如持ち出されたお泊まり会提案に、琉花は激しく頷いた。

複雑なことは後！　今は体を洗いたい！


銀華のマンションにたどり着いた琉花は、涼子に友達の家に泊まることを連絡した後、すぐさま脱衣所に飛び込んだ。

体にまとっていた布をババババッと脱ぎ去り、広い浴室でシャワーを浴びると、吉山に浴びせられた汚れとともに今日の疲れが流れ落ちていった。

「さぱりりぃ～」

適度な温度のお湯によって筋肉がほぐされ、声もチョコレートのようにとろける。

メイク落としは後にして、まずは髪と体を洗おう。

そう思ってキャビネット内のシャンプーボトルに手を伸ばすと、

「え……わあああああっ！」

「琉花！　どうした！」

浴室に銀華が飛び込んできた。いつの間に生成したのか、その手には祓気のナイフが握られている。

琉花は震える手でシャンプーボトルを手に取った。

「これ、オクシタニアのシャンプーじゃん！」

「…………は？」

「しかも高いほうのオクシタニア！　いーなー！　なんでこんないーやつ持ってんの？」

「そのシャンプーは祖母が送ってくれたもので……」

そこで銀華は祓気のナイフを消し、心配して損した、と額を押さえて部屋に戻っていった。

こっちはマジで驚いたんだけどなー。

しばらく入浴を楽しんでから外に出ると、地味な色のスウェットと下着が用意されていた。

普段はふわふわもこもこしたルームウェアなので、こういうのは久しぶりだ。

ドライヤーで髪を乾かし、スキンケアをしてから洗面所を出る。

「ふいー、お先ー」

スリッパを履（は）いてリビングに戻るが、そこに銀華はいなかった。

「琉花。こちらの部屋に来てくれ」

声がしたのは半開きのドアの中からだった。ドアの横には暗証番号を入れる電子キーがついており、部屋の中からカリカリとなにかを掻くような音が聞こえてくる。

異様な雰囲気を感じつつ、琉花は部屋の中に入った。

「わー、なにここ」

剣や刀、拳銃や長銃といった武器。ヘルメットや防弾ベストなどの防具。テントや寝袋といったキャンプ器具。水晶がはまった杖や大量の杭。銀粉が入った小瓶。なにに使うかよくわからない道具たち……。

道具のごった煮空間の奥には万力がついた作業台があり、そこに部屋着姿の銀華がタブレット端末片手にもたれかかっていた。

「ああ、この部屋は…………」

銀華の声が途中で止まる。

彼女は眉を寄せて困惑の眼差しをこちらに向けていた。

「どした？」

「君は琉花……だよな……？」

「そりゃそーでしょ」

「いつもと少し雰囲気が違う気がする……なぜだろう」

なにを言いだすのかこの狩人系女子は。

一瞬そんなことを考えた後、琉花はすぐに答えを思いついた。

「あー……たぶんそれ、お風呂でメイク落としたから……じゃないっすかね」

「ああ、そういうことか」

腑に落ちたような銀華のリアクションを見て、琉花は少し気まずくなった。

なんか銀華にすっぴん見られんの、恥ずい。

琉花が手のひらで壁を作っていると、その思惑とは反対に銀華がじろじろと見つめてきた。

「しかし……琉花はメイクがなくとも十分可憐だな」

「あー、あざます……？」

「もちろんメイクしていたほうも綺麗だとは思うが、私としてはどちらも好ましく……」

「あ、あたしのことはいーんで。この部屋でなにしてんのか教えてくんない？」

こそばゆさに耐えきれずに聞くと、銀華は、そうだったな、と言って部屋の要所を指で示して言った。

「この一室は武器庫として使っている。ここの武器たちの携帯許可は国へ申請しているので違法ではないが……余計ないざこざを起こしたくないので他言無用だ」

「つまり、ヤバ部屋？」

「そういうことだ。危険物もあるので不用意に触れたりはしないでくれ」

うーっす、と返事をしながら琉花はもう一度武器庫を見回し、あることに気づいた。

「ん……？　武器って祓気で作れるんじゃなかったっけ？」

琉花が眷属(けんぞく)に襲われた時、銀華は銀色の槍を作り出して戦っていた。デイヴィッドへの追撃も銀の矢で攻撃していたし、さっきだってナイフ片手に浴室に乗り込んできた。いつでも武器を作ることができるのに、実物が必要なのだろうか。

「琉花の言う通り、祓気で武器を作ることはできる。だが、元ある武器と組み合わせたほうが祓気の消費量は抑えられるし、武器の威力も把握しやすいんだ。持ち運びがネックとなるので私はあまり使わないが、念のために保管している、ということだ」

銀華の話に頷きを返しつつ、刀や銃を眺める。よく見てみると年季が入っているような気もする。実際の戦闘で使われたのだろうか。

「ちなみに、あのデイヴィッドって人はどっち派だったん？」

琉花が軽いノリで聞くと、銀華は顔をこわばらせた。

「あの男は……純銀銃というリボルバーを好んで使っていた……少し待ってくれ」

銀華はそう言うと、タブレットを操作して、画面を琉花に向けた。

「これは狩人同盟の登録データだ。ここにさっきの男……デイヴィッド・ハイゲイトのプロフィールが載っている」

画面にはデイヴィッド・ハイゲイトの顔写真が映っていた。

要所要所で見れば整っている容姿なのに、ぎらついた目や瘦けた頰がそれを台無しにしている。写真の横には長々とした英文が書かれていたが、琉花には読むことが難しかった。

「〃透眼通〃デイヴィッド・ハイゲイト。ヴァンパイアハンターであり、狩人同盟情報開発室のリーダーのひとりだ」

「ぜんっぜんわかんなかったけど、質問いい？」

「答えられる範囲なら」

「ヴァンハってみんなギンギンじゃないんすね」

「ギンギン……？　ああ、私の髪と目のことか。私のこれは北欧の血が由来で……狩人となる条件に人種は関係ない」

「なーほーね。続けてどーぞ」

琉花の催促に、銀華は低い声とともに頷いた。

「やつがリーダーを務めていた情報開発室というのは、狩人同士の連携や索敵のための技術を開発する部署だ。私たちが入れているヴァンパイアサーチアプリはデイヴィッドの発案で作られたものだ」

「え……じゃ、超すげー人じゃん」

「ああ。このサーチシステムができたことで、ヴァンパイアたちは電子機器に近づくことができなくなり、完全に人の世界から排除された。やつらとの戦いを激変させた人物として、彼は組織内で偉人として讃えられていたのだが……」

銀華の声が険しくなった。

かつての仲間であり、尊敬されていた人物が、なぜか日本に来てヴァンパイアを生み出そうとした。銀華としては受け止めがたい出来事のはずだ。

「あんさー、このるしどぼやんすってなに？」

銀華を気遣ってプロフィール上の単語を指差すと、彼女はうつむいていた顔を上げた。

「これは二つ名だ。慣例として、狩人たちは戦闘スタイルや功績にちなんで二つ名がつけられるんだ。彼の〝透眼通〟というのはサーチアプリを開発したことからついた二つ名だ」

「はー……んじゃ、銀華にもこーいうのあるんだ？」

「ああ、私のはシル……」

銀華は言葉を途中で止めると、苦々しい顔になった。

「どした？」

「言いたくない」

「え？　なんで？」

「言いたくないからだ」

「知～りた～いなぁ～」

頬を膨れさせて上目遣いをしてみたが、見事に無視された。くっ、恥ずかしがり屋め。

銀華はタブレットを机に置くと、その表情を引き締めた。

「今はデイヴィッドのことを考えるべきだ。本部に彼についての連絡を飛ばしたので、しばらくすれば詳しい事情がわかる……と思いたいが、最近の狩人同盟は組織の機能が低下しているせいか反応が悪い。連絡がくるのは数日後と考えたほうがいい」

銀華は狩人同盟の反応が遅いことは口にしても、組織の機能が低下している理由を言わなかった。そして琉花もそれは聞かなかった。

──私たちは世界からヴァンパイアを撲滅した。

今となっては狩人同盟の見解がある意味では正解で、ある意味で間違っているとわかる。

確かにヴァンパイアは滅びたのかもしれない。

しかし、ヴァンパイアを生み出す技術は滅びていない。

「なんにせよ、デイヴィッドへの警戒を続けなければならない。本部や支部からの連絡がくるまで、君には私の家に泊まってもらいたいのだが……」

デイヴィッドの凶行の理由がわからない限り、安易に行動するわけにはいかないし、琉花をひとりにするわけにもいかない。

切迫した状況だというのに、琉花の顔はにやついてしまった。

「……なぜ嬉しそうなんだ？」

「だって、それってルームシェアするってことっしょ。なんかＪＤっぽくてアガんね？」

「あのな……」

「それに、ここに泊まるってことはオクシタニアのシャンプー使い放題ってことっしょ。使ってないシャワージェルとかバスボムもあったし……アガる〜〜〜」

琉花がにやけて頬を押さえていると、

「落ち込まれるよりはマシか……」

銀華は呆れ声で呟いた。


近くのコンビニで買ってきた夕ご飯を食べたふたりは、リビングで就寝することにした。琉花はソファで。銀華は寝袋で。

あっという間に明かりが消されたのが午後十一時。

暗闇の中、スマートフォンでSNSを見ていたが、どうにも落ち着かない。デイヴィッドの逆さ吊りのせいか。それとも吉山への施術のせいか。

そーいや吉山パイセン、どーなったんだろ。

銀華は心配ないと言っていたが、やはり安否が気にかかる。救急車に乗せられたので大丈夫だとは思うが、万が一ということもある。

そう思うと気持ちがそわついた。こういう時は人と話すに限る。ちょうどすぐそこに相手がいるし。

「おぎんさーん。なんか話そうよ」

「断る」

「えぇ～……」

「明日も学校がある。寝ることが正解だ」

確かに今日は色々あった。さっさと寝て明日に備えたほうがいい。

どこまでも正しい友人の言葉に従い、睡眠に入るために目を閉じる。

「……あっ！」

あることを思い出して体を跳ね起こした。

そういえば自分は銀華に尋ねようとしていたことがあったのだった。眠って朧気な記憶になる前に聞いておかなければ。

「銀華って将来の夢とかある？」

「寝なさい」

「待って待って。これだけ。これだけ聞いたら寝るから」

「寝ろ」

「お願い。お願いっすよ～。銀姐さ～ん」

琉花が手を合わせて懇願すると、銀華は寝袋からむっくり起き上がった。

いつもの形のいい瞳が眠気のせいで半目になっている。なんかエロい。

「話したら、寝るな?」

琉花は大きく頷くと、髪を手櫛で整えつつ、銀華は話し始めた。

「世界殲滅戦(せんめつせん)の少し前、私はひとりの女性狩人と組んだ」

銀華の口調はどこか浮いているようにも聞こえた。

きっと彼女の中の記憶を漁っているのだろう。その女性狩人と夢との関係はわからないが、今は黙っておくことにした。

「彼女は私と出会った時、とても驚いていた。理由を聞いてみると、彼女は元教師だったらしく、生徒のような年齢の私がバディということが衝撃的だったらしい……まあ、彼女も狩人のひとりなので、すぐに落ち着きを取り戻してくれたが」

元教師のヴァンパイアハンターと言われ、琉花は担任の谷(たに)のことを思い浮かべた。

あの穏やかな谷がヴァンパイアを狩りにいけと言われたらどうするか。取り乱しまくる気がする。いや、意外と善戦するかも。

「数ヶ月ともに過ごして、私が学校を休学していることを話すと、彼女はヴァンパイアとの戦いが終わったら復学するべきだ、と言った。楽しい楽しくないに拘(かか)わらず、学校生活は体験しておくべきだ。必ず大事な経験になるとね…………正直、私は復学する気はなかった。ヴァンパイアとの戦いが私の生きているうちに終わるとは思えなかったし、師である祖母から日常への執着は弱さに繋(つな)がると教えられていたから」

銀華は諦めたような苦笑いを浮かべると、短く息を吐いた。

「だが、私がどれだけ否定しても彼女の提案は続いた。それがうっとうしくてね。反発するように、復学なんて絶対にするものか、と考えたものだが…………息絶える直前まで言われれば、少しくらいは言うことを聞いてもいいと思ったんだ」

「息絶えるって……」

「彼女は気質的に戦闘に向いていなかった。接敵して数分もしないうちに戦闘不能になった」

戦闘不能。つまり、ヴァンパイアに殺されたということだ。

「じゃ、じゃあ、銀華はその人の言葉があるから、復学してきたってこと？」

琉花が聞くと、銀華は目の前の空間を見つめたまま頷いた。

「そして今は彼女の提案を聞いてよかったと思っている」

優しい声色を聞いて、つい口が緩む。

銀華がこの生活を楽しく思ってくれている。それが嬉しい。

「私の将来の夢は学校に復学することだった。それを叶えた今、特に夢というものはない」

銀華はそこで琉花を見つめて言った。

「これでいいか、盛黄琉花？」

「ん、鬼満足」

琉花が返答すると、銀華は微笑みを浮かべた。琉花も応えるように微笑する。

そうしてしばらく無言で微笑み合っていたが、銀華はすっと表情を戻すと、寝袋の中に戻っていった。

「ではそろそろ寝ろ。話し疲れた」

「えぇ～？　もっと話そーよ」

「……寝られないなら寝かしつけてやろうか？」

「え？」

「緊急措置として、狩人は現場の住民の意識を奪うことを許可されている」

気づくと、銀華の体から銀色の光が立ち上っていた。

霧のようなそれはゆらりと動き、琉花に向けて蛇の舌のように揺らめいている。

「わ、わかった！　わかった寝る！　寝るます！」

琉花は大急ぎでソファに横たわった。吉山のように祓気で眠らせられるのは嫌だ。なんか痛そうだったし。

緊張で高まった心臓に邪魔されつつ、それでも眠りにつこうと頑張っていると、一時間ほどすぎたところで意識が朦朧（もうろう）としてきた。

そーいや自分に夢がないって言うこと忘れてたな……。

気がついた時は遅く、その考えは眠りの中で散らばっていった。

日常生活を続けて狩人同盟の連絡を待つ。

ひとまずその方針で動くことにして、琉花たちはジャージ姿で飛燕高校に向かった。学生服は吉山の体液で汚れてしまったので、通学途中のクリーニング店に出しておいた。

飛燕高校の校門が見えてきたところで、琉花と銀華はまったく同じタイミングで体をこわばらせた。

校門の傍らにダークスーツの男が立っている。

昨日見た時と同じ、痩けた頬に青白い肌を持ったその男は、あろうことか生徒や教師に対して朝の挨拶をしていた。どう見ても保護者には見えないため、いつか不審者として通報されることは間違いない。

「あれって……」

「デイヴィッド……」

「やっぱそーだよね！　あたしの見間違えじゃないよね！　うっわ、安心したわー！」

銀華としてもデイヴィッドの行動は予想外らしい。足を前にも後ろにも動かせず、デイヴィッドを睨んでいる。

琉花は銀華の肩をつかみ、耳元に口を寄せた。

「声、かけてみる？」

「いや、やつの目的がわからない。気づかれないように入校して背後から奇襲を……」

「ごきげんよう。ギンカとそのご友人。よい天気ですねぇ」

ふたりが顔を向けると、デイヴィッドが大股で近づいてきていた。その表情はにこにこと晴れやかで、不気味だった。

あっという間に目の前に来たデイヴィッドは、銀華を見下ろすと、眩しいものを見るように目を細めた。

「なぜ、貴様がここに?」

「聞くまでもないでしょう? アナタたちに会いに来たのですよぉ」

デイヴィッドは穏やかに肩をすくめると、目線を琉花に移動させた。

「琉花を狙いに来たのか?」

「ワタクシがそんなひどいことするとでもぉ?」

「思うね」

「傷つきますねぇ」

「傷つけているんだ」

銀髪美少女とダークスーツ大男の殺気立ったやり取りに注目が集まり始める。このまま放っておけば人だかりができそうだ。

ドラマの撮影みたいだな、などと考えていた琉花だったが、あることに気がついた。

このデイヴィッドという男もヴァンパイアハンターであり、祓気が使用できる。もしこの男が暴れだしたら、周りの人々はどうなるのか。

「ちょちょちょ。ふたりとも待って待って」

「ム？」

「ンン？」

琉花が間に入ると、銀華とデイヴィッドは会話を止めた。話を聞けなくなるほどヒートアップはしていないらしい。

「や、ギャラリー多いし、場所移さない？　ファミレスとかさ」

琉花に言われて銀華は周囲の様子に気づいたらしく、そうだな、と苦しげな顔で頷いた。

「んじゃ、デイヴィッさんもそれでいい？」

「デイヴィッさん……もしや、ワタクシのことですかぁ？」

「そりゃそーっすよ」

琉花が頷くと、デイヴィッドは少し戸惑っていたが、すぐに余裕ある表情を取り戻した。

「よいでしょう。実はワタクシ、まだ朝食を取っていないのです」

陽の下での会話とレストランでのモーニング。

それはヴァンパイアの特徴とは程遠いシチュエーションであり、デイヴィッド・ハイゲイトが人間だということを琉花に確信させた。

人間だからといって、安全というわけではないが。

高校近くのファミリーレストランに入り、店員に連れられて四人用の席に座る。銀華と琉花が隣合わせ。デイヴィッドが正面。

席に座るやいなや、銀華はデイヴィッドに鋭い眼光を向けた。

「なにを企んでいるか吐け。吐かなければ前歯を砕く」

物騒なセリフを吐いた銀華をデイヴィッドは平気な様子で見つめている。

「注文してからでもよいですかあ？　ワタクシ空腹でしてぇ」

「まずは中切歯。次に側切歯だ」

「ちょいちょいちょい！　話すっつってんだから待とーよ」

銀華の前に手を出して振り上げられた拳を止める。いつもの落ち着きはどうしたことか、銀華は今すぐ噛みつきそうな態度を取っていた。

つーか、チューセッシとソクセッシってなに？

琉花がテーブル上の呼び出しボタンを押すと、銀華は悔しげにソファにもたれかかった。しかし、その鋭い目つきはデイヴィッドから外れることはなかった。

琉花たちはテーブルにやってきた店員に注文を伝える。

「あたし、こだわりポテトとさまざま野菜のミックスサラダで」

「ワタクシはチョコバナナサンデーをお願いします」

「水だけで結構です」

店員は銀華やデイヴィッドの容姿に気圧されつつ、卓上に水を置いていく。

店員が去っていくのを確認すると、銀華は水を飲み干し、コップの底でテーブルを叩いた。

「本題に入るぞ。貴様はなぜ人をヴァンパイアにできる。なぜ人をヴァンパイア化させた」

「その目……かつてアナタがヴァンパイアに向けていた目と同じもの……痺れますねぇ」

「次にふざけたことを抜かせば顎を吹き飛ばすぞ」

苛立ちを抑えるためか、銀華はテーブルの端をつかみ、みしみしと音を立てていた。どんな握力だ。

デイヴィッドは懐を探ると、テーブルに暗褐色の液体が入った小瓶を置いた。それは吉山の口に放り込んだものと同じものに見えた。

「ヴァンパイアが仲間を増やす方法は至って単純。生物に自身の血液を注入し、体内で活性化させるだけ。それだけで小動物は眷属化し、人はヴァンパイアになります……このアンプルに入った液体はヴァンパイアの血液から因子を抽出し、彼らが我々の命令に従うように調整を加えたものです」

「なぜそんなものを持っている」

「狩人同盟から盗んだ、と言ったらどうします？」

デイヴィッドが言い終わると同時に銀華の手がテーブルに叩きつけられた。

黒手袋とテーブルの間で小瓶が破裂し、暗褐色の液体が広がっていく。

「うぇぇ……」

琉花が呻いてもふたりが気にする様子はなかった。

銀華はデイヴィッドを睨みつけ、デイヴィッドは銀華を愉快そうに見下ろしている。

「因子のスペアは大量にあります。これひとつ破壊されたところで困りません。日本語で言えば、痛くも痒くもない、ですねぇ」

「貴様を倒せばスペアがいくつあろうと関係ない」

「これを所持している者がワタクシひとりだとお思いでぇ？」

「賛同者か……脳の欠けた狩人が貴様の他にもいるとはな……」

ヴァンパイアハンターのふたりが睨み合っていると、向こう側から店員がやってきた。

「お待たせしましたー」

「あ、あざっすあざっす」

商品を置けるように銀華の手をどかし、琉花は紙おしぼりと紙ナプキンでテーブルを拭いた。

喫茶店でアルバイトしている経験が生きたのか、ヴァンパイア因子とやらはすぐに拭き取ることができた……こんな雑な処理でいいのだろうか。

店員は不審そうな目を向けつつ、テーブルに料理を置いていく。

「い、いただきやーす」

「では、ワタクシもいただきます」

手袋をこすり合わせながらデイヴィッドがチョコバナナサンデーに取り掛かる。ダークスーツの大男が女子力高めの食べ物を頬張る姿は少々奇妙だった。

「次は、なぜ人をヴァンパイア化させた、でしたねぇ……あむ……結論から言いましょう……うん、おいしい……ワタクシはヴァンパイアを復活させようと思っています」

「……よほど顎を吹き飛ばされたいらしいな」

「ふざけているわけではありません……んー……アナタはいち早く日本に戻ってしまったのでぇ……今の狩人同盟がどうなっているか……あむん……ご存知ないでしょう……ああ、これ頼んでよかったです……」

「話すか食べるかどちらかにしろっ！」

銀華が怒鳴ると、デイヴィッドは名残惜しそうにスプーンを手放した。

彼は黒手袋をはめた指を組み合わせると、その上から銀華を見つめて、

「アナタが最後のヴァンパイア、〝隠遁鬼〟アルベルト・フォン・ディッタースドルフを討伐したことでヴァンパイアたちは絶滅しましたぁ……しかし、戦争というものはその後の処理こそが肝心です。アナタはそこをご存知ではない」

「処理だと……？」

「ええ。今の狩人同盟はそれはそれはひどい有様です。リーダー陣の失踪。利権争い。協力国政府からの請求。不逞狩人の発生。設備保守費の滞納。などなど……今やどこの支部も麻痺状態。現にこの国の支部もワタクシの行動を把握できていません」

いつも銀華は狩人同盟の反応が遅いことを気にしていた。

彼女はその原因を組織の機能低下だと推測していたが、デイヴィッドの話が本当であれば低下どころか崩壊だ。反応が遅いことも当然だ。

「これ以上ワタクシは狩人同盟の凋落を見ていたくありません。ですのでぇ」

「組織の活性化のためにヴァンパイアを生み出すと?」

銀華の問いに、デイヴィッドは口元を緩めた。肯定を示す表情だ。

狩人同盟復活のため、ヴァンパイアを蘇らせる。

彼の発想は過激で、周囲に著しい被害を及ぼすが、目的の達成だけを考えれば間違った方法ではないのかもしれない。供給があれば需要が生まれる。ヴァンパイアがいれば狩人同盟の組織力は蘇る。

琉花がポテトをつまみながらハラハラ見守っていると、銀華はデイヴィッドを糾弾するように指を立てた。

「苦労の末に絶滅させた害獣を復活させるなど正気の発想とは思えない。そのくだらない妄想を広めるためにはるばる日本に来たとは無駄足ご苦労なことだ。イングランドに帰り、メンタルクリニックに通院しろ」

あ、あたりつええ～！

銀華の罵倒にデイヴィッドは肩をすくめて応える。

「ひどいですねぇ。ワタクシが日本に来たのはアナタのためだというのにぃ」

「どういう意味だ」

銀華が眉を歪めると、デイヴィッドは面白そうに言った。

「ギンカ・シジュウナナ。アナタはたぐいまれな戦闘の才能と無限とも思えるほどの祓気を持つ最強のヴァンパイアハンター。その力をこのまま無為にするのは非常に惜しいとは思いませんかぁ……ぜひ我々ヴァンパイア復活計画に参加し、力を発揮していただきたい」

瞬間、銀華は嫌な虫を見た時のような引きつった表情になった。

それは彼女がデイヴィッドの言葉を理解できないことを意味していて、

「なにを、言っている……」

「ワタクシはアナタを勧誘するために来日したのです。眷属を作り出したのもアナタをお呼びするためです」

デイヴィッドは組み合わせた指を立て、これまで起こったことについて解説を始めた。

「ヴァンパイア復活計画に加わったワタクシは、アナタの所在を知るために狩人同盟のデータベースに触れましたぁ。それによって住んでいる地域は把握できましたが、詳細な住所は突き止められず……サーチアプリでも特定できず……そのためぇ」

「私をおびき寄せるために眷属を作り出したと？　琉花が殺されかけたのはその巻き添えと言いたいのか？」

「ワタクシとしては死亡しても構わない男性を狙ったつもりだったのですがぁ………あれは不幸な事故でしたぁ……お嬢さん、申し訳ありません」

首を小さく前に倒すデイヴィッドに対して、琉花は強烈な反発を覚えた。

あの中年男性は容姿もよくなければ身だしなみを気にすることもなく、職にも就いていない上にストーカー行為をするような精神の持ち主だが、それでも死んでいいとは思わない。

「あんさー、あのおっちゃんはシューカツを……！」

「それならばその時に接触して来ればよかっただろう」

銀華の声に琉花の抗議が引っ込む。

自分はここでは部外者だ。デイヴィッドがあの男のことを聞いて謝るとは思えないし、素直にポテトとサラダを食べる生物になったほうがいいだろう。

「実を言えばワタクシもそうしたかったのですが、戒律がありますからねぇ。民間人であるお嬢さんがいる状態でアナタと接触してもよいか迷ってしまいましてぇ」

戒律。ヴァンパイアハンターたちが守らなければならない掟。

これがあるおかげでヴァンパイアハンターたちは暴走することがなく、これがあるせいでヴァンパイアハンターたちは称賛を得ることができない……らしい。

　琉花が戒律について思い出していると、銀華が唸り声を出した。

「ヴァンパイアの復活を企んでおいてなにが戒律だ……！」

　デイヴィッドは平然とした表情で受け流すと、両手を広げて銀華を見下ろした。

「その後、飛び去ったアナタたちを追跡し、ワタクシはアナタの住居を突き止めましたぁ……ですが、日中は別の作業もありましたし、夜のアナタはパトロールに出ていたので、お会いすることがなかなか難しく……そこで、お嬢さんです」

　デイヴィッドは琉花を見つめ、目を薄く細めた。

「ワタクシはお嬢さんを経由して、アナタにアプローチ取ることを試みましたぁ……そしてお嬢さんの観察を続けるうちに、彼女がハンターの世界の知識を得たと知りましてねぇ。それならばもう隠す必要はありませんし、手頃な人物をヴァンパイア化させ、アナタをお呼びしたぁ……というわけです」

　そして駆けつけてきた銀華に飛び蹴りをくらい、一旦撤退してから、翌朝学校で待ち伏せをした。これが今日までのデイヴィッド・ハイゲイトの動きらしい。

　眷属の出現。ヴァンパイア化の謎。デイヴィッドの動向。

　今まで出てきた疑問はすべて解き明かされたが、琉花が爽快感を覚えることはなかった。

それどころかヴァンパイア復活計画を知った今、混乱は深まるばかりだった。

これ、どう解決すればいいの？

事態の複雑さに琉花が困惑していると、

「……私に嘘を見抜く能力があることは覚えているか？」

銀華は氷のように冷たい表情をしていた。

その呟きを聞いて、琉花は彼女に『嘘を見抜く』能力があることを思い出した。あの能力はヴァンパイアハンター同士でも通用するらしい。

「極めて残念なことだが、貴様の発言はほとんど真実だ。ヴァンパイア復活計画、組織への杞憂、これまでの動向……だが、私への勧誘という点は疑わしい。眷属を生み出して人々を危機に陥れた貴様らに、私がついていくと本気で思ったのか？」

銀華はテーブル上のコップを横にずらして、

「勧誘に来たと考えるより、今後脅威になる私を討伐しに来た、と考えるほうが道理に合っていると思うが……どうだ？」

「お好きにとらえてください」

飄々とした態度で肩をすくめるデイヴィッドに、銀華は言った。

「人をヴァンパイアに変え、そのヴァンパイアから人を救う。貴様らはくだらない自作自演のために狩人の知識を悪用し、人を傷つけ、これ以上の災害を巻き起こそうとしている……堕ちたものだな。〝透眼通〟」

言い終わるとともに銀華の右腕が輝き始めた。祓気による銀色の光。戦うための力の発露。

こ、ここでデイヴィッさんとやる気？

琉花はポテトとサラダの皿を自分に寄せた。通路側でよかった。いざとなればダッシュして逃げられる。

「堕ちた、ですかぁ……」

デイヴィッドは寂しそうに微笑んでいる。

「理不尽な掟に従うことを決め、人語を解す生き物を殺し、表社会に出られなくなった……人の道などとっくの昔に外れています」

「戯言は聞き飽きた。貴様の望みはここで断つ」

銀華の祓気は炭酸が弾けるような音とともに収束し、一本の剣を形作っていく。

デイヴィッドは目の前で作り出される凶器を見つめて、

「最高峰の戦闘員であるアナタとサポート役のワタクシ。正面からでは勝負にすらなりません……なので、こうします」

デイヴィッドの前にあったサンデーが横に倒れ、代わりに銀色のなにかが現れた。

琉花にはそれがなにかわからなかった。見覚えがある気がしたが、今まで大して気に留めておらず、記憶の中にインプットされていなかった。デイヴィッドが出した細長いそれには小さな穴が空いており、その穴は琉花に向けられていた。

まるで銃のようだ。昨夜銀華のマンションでいくつか目にしたが、確かこんな形をしていたはずで――そこまで考えて、琉花はそれが本物の拳銃で、自分に向けられていることを理解した。

「琉花ッ！」

銀華の声が聞こえた瞬間、通路側に体が吹き飛ばされた。反射的に手を後頭部に回すと、床に肩と腰を打ち付けた。

強風が吹きすさぶ音と木々の弾ける音が聞こえる。薄目を開きながら起き上がると、琉花たちが座っていたテーブルは傷だらけになっており、デイヴィッドの姿がなくなっていた。

「待て！　デイヴィッド！」

琉花の目の前に銀華の右膝が出現する。彼女の手には銀剣ではなく、銀槍が握られていた。がしゃんと派手な音が聞こえたので振り返ると、割れた大窓と、その向こう側にいるデイヴィッドの背中が見えた。

「逃げるな！　このっ……！」

腕を振りかぶって銀槍を投げつけようとする銀華だったが、周りの注目に気づいたのか、悔しそうにしつつ動きを止めた。

その間にもデイヴィッドの姿は小さくなっていく。

「クソッ……」

悪態をつく銀華のそばで、琉花はよろよろと立ち上がった。

痛む体を押さえながら、彼女にかける言葉を探していると、なぜかまったく別のことが思い浮かんだ。

　デイヴィッさん、食い逃げじゃね?


　テーブルのハチャメチャ具合を見てファミレス店員が通報したらしく、琉花と銀華は警察の事情聴取を受けることになった。警察には銀華が色々と説明してくれたようで、琉花は適当に相槌(あいづち)を打っているだけで解放してもらえた。

　ファミレスを出た頃、時刻はすでに昼過ぎになっていた。

　琉花が飛燕高校を目指しながら歩いていると、

「デイヴィッド……デイヴィッド……」

　隣から怨念(おんねん)のような声が聞こえてきた。

　銀華は地面を見つめて厳しい表情を浮かべている。

　頭の中でデイヴィッドへの怒りが渦巻いているらしい。近づきがたい雰囲気が出ている。

「い、いやー、ケーサツの話長かったね」

　重々しい雰囲気を払拭(ふっしょく)するため話しかけてみたが、生返事すら返ってこなかった。

　友人が落ち込んでいるのだから励ましたいが、問題が重すぎてどうすればいいのかわからない。もどかしい。

「たっ、大変だったけど、あの人に会えたのってイッポゼンシンすよね？」

「……そうだな。今まで見えなかった敵の目的がよくわかった」

敵という言葉を聞いて、背筋に寒気が走った。

これまで銀華が口にした敵とは、ヴァンパイアや眷属のことを指していて、殺害しても構わない、罪悪感を抱かない存在のことを意味していた。

その中にデイヴィッドをカテゴライズするということは、つまり――

琉花がなにも言えないでいると、飛燕高校の校門が見えてきた。

登校時間は過ぎているので正門は閉じている。脇の通用口に向けて琉花が進んでいくと、いつの間にか銀髪の娘が隣にいなかった。

「銀華？」

振り向くと、銀華は道路に張りついたように立ち止まっていた。

その顔は無機質で、復学してきたばかりの銀華を思い出させた。

「私は登校しない」

銀華の言葉の意味が理解できず、首を傾げることしかできなかった。

登校しない？　なんで？

困惑する琉花の前で、銀華は話し続ける。

「私はデイヴィッドの計画を知った。これからやつは情報の流出を封じるために私を襲撃してくるはずだ。私がいると周囲に被害が及ぶ可能性が高い……なので、デイヴィッドを討つまで登校しないでおこうと思う」

デイヴィッドの標的は琉花ではなく銀華だった。

彼女の言う通り、デイヴィッドはこれから銀華を襲撃してくるだろう。そうなれば周りに被害が広がることはまず間違いない。

その上、彼はヴァンパイアではなく人間だ。夜だけでなく日中も警戒し続けなければいけない。だからこその不登校という判断。

「そ、それは違くない？」

その正しさがわかっていても抗議せずにはいられなかった。

ここで止めなければ、銀華はデイヴィッドに武器を振り下ろしてしまう。そんな気がした。

「流石のデイヴィッさんも学校には乗り込んでこないだろーし、重く考えすぎだって。眷属とかヴァンパイアも昼間は動けないんでしょ。だったら」

「琉花、私には責任があるんだ」

「せ、責任……？」

「昔、私はデイヴィッドに狩人になった動機を聞いたことがある」

銀華は懐かしむような瞳で飛燕高校を眺めていた。そこには揺るがすことのできない決意があるように見えた。

「『正しい行いは心地がいい。自分が正義として力を執行している快感はなににも代えがたい』。……これがデイヴィッドの狩人になった動機だ。彼は正義の力に酔っていた。私はその危うさから目をそらしてはいけなかった」

銀華の言葉は重く、噛みしめるようだった。

「やつの暴走は私が生み出したようなものだ。なので、私にはやつを討つ責任がある」

「や、そんなの……」

続きの言葉が思い浮かばない。

琉花はヴァンパイアハンターではないし、戒律についてもよく知らない。琉花が知っていることといえば、銀華が生真面目で責任感が強いことくらいで。

そしてそれは銀華への説得の難しさを補強していた。

「私は元の生活に戻る。琉花も元の生活に戻ってくれ」

銀華は一歩後ろに下がると、弾けるように飛燕高校と逆側に走り出した。

「ま、待って！」

校門にバッグを放り投げ、琉花も慌てて走り出す。

どんどん距離を離していく銀色の後頭部を見つめながら、彼女を止めなければいけない、という一心だけで足を動かし続ける。

ここで止めなければ、二度と会えなくなるかもしれない。
銀華が角を曲がり、琉花の視界から姿を消す。
息を乱れさせつつ、琉花も角を曲がると、
そこには誰(だれ)もいなかった。

これでいい。

家屋の上を疾走しつつ、銀華(ぎんか)は独白した。

デイヴィッドの狙(ねら)いが自分であるとわかった今、周りから距離を取るのは正しい判断だ。

琉花(るか)の制止は嬉(うれ)しかったが、だからこそ彼女を巻き込みたくない。

だから、やはりこれでいい。

まずは狩人同盟と連絡を取ろう。機能麻痺(まひ)しているとはいえ、完全に役立たずではないはずだ。

そう思ってスマートフォンを取り出すと、電源が入らなかった。昨晩は琉花と一緒に充電したので充電忘れの可能性はない。

その他の心当たりといえば、

「そうか……貴様は情報開発室所属だったな……」

スマートフォンが使えないのはデイヴィッドの仕業だ。ファミリーレストランでなにか工作されたのか、妨害電波でも出されているのか。これまで気づけなかった自分が情けない。

ただの板と化したスマートフォンをしまい、祓気（ふっき）によって空中を飛び、マンションのベランダを目指す。

ベランダの窓が開いていた。

「……考えることは同じか」

連絡と装備。それらを封じることはデイヴィッドにとって最優先事項だったらしい。おそらく家の中はスクランブルエッグのように荒らされているはずだ。罠（わな）が仕掛けられている可能性もある。

銀華が空中でホバリングしていると、ベランダの窓から黒い手が這（は）い出し、それらが姿を現した。

眷属（けんぞく）。小動物を生贄（いけにえ）にすることで作り出される傀儡（かいらい）。

人体を模した不気味な黒い物体は、二体、三体とベランダに現れると、その体をじたばたと苦しげにくねらせた。

陽光はヴァンパイアだけでなく眷属にも有効だ。ヴァンパイアならば眷属を日中に活動させたりはしない。見たことのない眷属の運用方法。

狩人同士の戦いとはこういうことか。

銀華は静かに息をつくと、その手に祓気をまとわせ、敵を屠（ほふ）るための武器を作り出した。

◆　◆　◆

『ビアンコ』で働きながら、琉花は今日のことを思い出していた。

あれから琉花は、ジャージ姿で登校したことをめいりとひなるに突っ込まれ、谷から遅刻したことをやんわり叱られた。

だが、笑われたことも叱られたことも気にならなかった。

銀華がいなくなった。

デイヴィッド・ハイゲイトを討つまで登校しない、と彼女は言った。

あの銀髪美少女は冗談を言うタイプではない。本当にデイヴィッドと決着をつけるまで登校しないつもりだろう。

彼女の判断が正しいことは琉花にもわかっている。

デイヴィッドの狙いが銀華だとしたら、周りが戦闘に巻き込まれるのは間違いない。一緒にいないほうがいいのは明白だ。もはや琉花は部外者の一般人。一緒にいたとしても足手まといにしかならない。

わかっているからこそ悶々とした感情が収まらない。

自分は本当になにもできないのだろうか。

休憩時間になり、スタッフルームでアイスカフェモカを飲んでいると、

「琉花さん。どうしたんですか？」

八木ときわがクッキー片手にこちらを見つめていた。心配そうに見えるのは、あまりにも琉花が不機嫌そうな顔をしていたからだろう。

やべ、変な気遣いさせてる。

琉花は慌てて笑顔を取り繕った。

「別になんもねっすよ！　メイクがキマんなくてブス顔なだけっす！」

「は、はあ……珍しいですね。琉花さんがお化粧を失敗するなんて」

「え、割りと失敗してるっすよ」

「あ、そう……ですか……」

ときわはそう言うと、琉花の対面に座って、気まずそうにクッキーを食べ始めた。

しばらくふたりは無言になった。いつもならば琉花が学校の話をしたり、ときわが漫画についての話をしたりしていた。ときわといてこんなに静かなのは初体験かもしれない。

「じ……」

「はい？」

「じーつーはー……友達と喧嘩したみたいな……や、つか、喧嘩すらできなかったんすけど」

沈黙に耐えきれず、琉花は事情を話すことにした。

ときわは銀華との関わりが皆無だ。脚色を加えれば本当のことはわからない……はずだ。

「友達というと、この間お話ししてくださった復学生の方ですか？」

「あ、はい。そっす」

銀華が復学してきたばかりの頃、琉花はときわに銀華のことを話したことがあった。ときわはそれを覚えていてくれたらしい。

まさか自分と銀華とこんな関係になるなんて、あの時は想像もしていなかった。

「詳しいことは言えないんすけど、あたし、その子に色々助けてもらったんすよ。んで、昼ご飯食べたり、一緒に遊んだり、相手の家に泊まったりしてたんすけど……」

考えてみると最近は常に銀華といた。

だからだろうか、たった数時間離れただけで随分会っていない気がする。

「最近あっちがメンドーゴトに巻き込まれて。それが思ったより重めのトラブルで……あたしとしては助けてあげたいんすけど、生きてる世界が違いすぎるっつーか、どーすりゃいーのかわかんなくて……」

平和な世界に生きてきた琉花と世界を守るために怪物と戦ってきた銀華。

ふたつの世界は違いすぎる。今までは銀華が教えてくれたのであちらの世界を知ることができたが、本来は簡単に口出しできる問題ではない。

琉花が口をひん曲げていると、ときわが言った。

「羨ましいですね」

「え？」

「そのお悩みは琉花さんとその方が親密になったという証拠ですから」

「親密……？」

琉花が聞き返すと、ときわは穏やかに頷（うなず）いた。

「おふたりは親密になったんです。いえ、なりすぎたのかもしれませんね。だから相手の事情がよく見えてしまって助けられないと思ってしまう」

ときわが琉花の話をどう受け取ったのかは不明だが、その指摘は合っている気がした。

自分は銀華に近づきすぎた。

性格や過去。今から挑むことの大きさ。

それらを知ったからこそ、琉花は銀華の力になれないと悩んでいる。

「そこまで親密な友人ができることはめったにないことです。だから、羨ましくて」

ときわの言葉に頷きつつ、琉花は口をゆがめた。

仲良くなればなるほど相手を励ますことができるし、相手の事情を知れば知るほど力になれる。今までそう思っていた。それでよかった。

しかし、四十七（しじゅうなな）銀華には当てはまらない。彼女は例外だらけで、常識外れだ。

やはりどうすればいいのかわからない。

琉花が顔をしわしわにして黙り込んでいると、ときわは慌てて頭を下げた。

「ご、ごめんなさい。お悩みを増やしてしまいましたね」

「や、聞いてくれるだけで気持ち楽になるんで。むしろ感謝っす」

「それならいいのですが……」

ときわの困り顔に琉花が安心感を覚えていると、スタッフルームに聞き覚えのある通知音が流れた。

「あ、すみません」

申し訳なさそうに呟くと、ときわは席を立って自分のロッカーに近づき、肩をビクンと大きく跳ねさせた。

「おほぉおっ！」

「ど、どしたんすかいきなりおもしろボイス出して」

心配半分恐怖半分で声をかけると、ときわはスマートフォン片手にいやらしい笑みを浮かべていた。

「ボボミュのチケットが当たってました！」

「ボボミュノチケットガアタッテマシタ！？」

「やったぁ〜！　すごい倍率だったのにぃ〜！」

困惑する琉花を気にせず、ときわは舞い上がるようにその場でジャンプした。

年上とは思えない落ち着きのないはしゃぎよう。さっきまでの大人っぽさはどこへ行ったのか。

「それってあれすか。前に言ってた2・5次元ライブってやつすか」

「そうそう！　ボールボーイズの舞台版！　しかもステージから超近い席！　うっひょ〜！　最高〜！　推しのためなら死ねる〜〜〜！」

ときわはスマートフォン片手にその場をぐるぐる回り始めた。その目の中に琉花はおらず、架空の美青年しか映っていない。

「よかったっすねー」

琉花は苦笑いしながら、元気な人だなー、と思った。

アルバイト終了後、クリーニング店に立ち寄り、きれいになった学生服を片手にひとりで家路につく。

隣を歩く銀髪娘はいないし、黒いもやもやの怪物もいない。後ろからついてくる不審者もいなければ、背の高い不気味な男もいない。

銀華と会う前の日々が退屈だったというわけではないし、自分はこれからも楽しい日常を送ることができる。むしろあの銀髪の少女は自分たちのそういう生活を守るために離れていったのだ。銀華の気持ちを無駄にしないように、自分はいつもの日常を送るべきだ。

頷きながら歩いていると、こぢんまりした盛黄家が見えてきた。昨日は銀華の家に泊まったので一日ぶりの帰宅だ。

「ただまーっす」

引き戸を開いて玄関に入り、ローファーを脱いで揃えていると、

「琉花ちゃ～ん。おかえりなさ～い」

間延びした声とともに涼子が居間から顔を出した。

珍しく家にいる母を見てほっとしつつ、居間へ歩いていくと、温かい匂いが鼻をくすぐった。

「お風呂にする～？　ご飯にする～？」

「ご飯って、りょーこさんが作ったの？」

「うん～。たまにはお母さんっぽいことしないとね～」

「ぽいことて。ガチのママっしょ」

苦笑いしながら居間に入ると、

「おわっ！」

変な声が出てしまった。

テーブル上の大皿にはコロッケとエビフライが所狭しと並べられており、小皿には唐揚げが窮屈そうに詰め込まれていた。それぞれの小鉢にミニサラダが入っていたが、揚げ物インパクトの前ではその存在はかすんで見える。

「久しぶりに琉花ちゃんと食べられるから、頑張ってみたの～」

「が、頑張った……のはわかんだけど、ちょーーーっと気持ち多めじゃね……？」

ご飯の用意は嬉しかったが、この量は女ふたりで食べられる量ではない。九割揚げ物なんてヘビーすぎる。

「実は私が食べたいの～。最近こういうこってりしたもの食べてなかったから～」

「あー……なーほーね」

涼子は看護師としての仕事が忙しいせいで昼食が取れない時もあると言っていた。この料理は彼女なりのストレス解消なのかもしれない。

それならば、いつも働いてくれている母に感謝の気持ちとして体重を捧げよう。

「んじゃ、りょーこさんにお付き合いしますか」

「わ～！　ありがと～！」

「なんで作ってくれたほうがお礼言ってんの」

無邪気に笑う涼子を見て微笑みを浮かべつつ、琉花は別のことを考えていた。

——そもそもなぜ出してもらうほうが譲歩しているんだ……？

コロールで聞いた銀華のセリフと表情が蘇る。

次に銀華と会えるのはいつになるのだろうか。あの美少女は生真面目な上に頑固者だ。もしかすると、学校に戻ってきたとしても孤独な日々を選択するかもしれない。

湧いてきた暗い気持ちを笑顔で振り払う。

「油の匂いつくのやだし、部屋で着替えてくんね」

「うん。待ってるね～……あっ」

涼子が小さい声とともにテーブルを見つめると、折りたたみ式の携帯電話が震えていた。

涼子は琉花の様子をうかがいつつ、ためらいがちに通話に出た。その声色や表情から、それがよい連絡ではないことはすぐにわかった。

今日はよく電話に邪魔される日だな……。

「えーと、琉花ちゃん……」

申し訳なさそうな声から、涼子に臨時の呼び出しがかかったことを察する。

涼子が働いている病院からはこういった連絡が度々あった。オンコール勤務と呼ばれるもので、病院勤務ではけして珍しくない業務形態らしい。

「行ってきなよ」

「でもぉ……」

「いつも人が足りないって言ってるじゃん。ご飯はまた今度一緒に食べよ」

「……ごめんねぇ」

琉花に謝ると、涼子は慌ただしく仕事の支度(したく)をし始めた。

「んじゃ、あたし、着替えてくるわ」

なぜか震える喉(のど)を押さえて、バッグ片手に居間を出る。

濃い色の家具で揃えられた自室に入り、琉花は豹柄ベッドにバッグを放り投げた。

食事を急ぐ必要もないし、先に風呂に入るのもありかもしれない。

そんなことを考えつつ、バッグからスマートフォンを取り出そうとすると、指の先にこつんとなにかが当たる感触がした。

「ん……？」

人差し指と中指でそれをつまみ上げ、目の前に持ってくる。

ジュリアートの噴霧式容器。

銀華が買ってくれた香水。

宝石のような形のそれは、とろみのある液体を揺らめかせ、柑橘系の香りを琉花の鼻先で漂わせていた。

「あー……もー……」

アトマイザーを握りしめてベッドに倒れ込むと、柔らかい感触が体を包んだ。

「銀華のアホ～……」

元の生活に戻ってくれ、と銀華は言った。

そんなことできるわけがない。

すでに銀華は自分の生活に食い込んでいる。彼女がいなくなった生活はすでに『元の生活』ではない。

四十七銀華はどこまでも強く、どこまでも正しく、そして優しい。

命の恩人である彼女が戦っているというのに、自分はベッドでへたれている。そのことが悔しくて悔しくてたまらない。

「アホ……」

だからこれは自分への罵倒(ばとう)。

かつて銀華にフツーのギャルと自称したが、本当にその通りだ。自分はどこまでいっても普通の人間であり、超人である彼女の力になることはできない。

悔しい。悔しい。悔しい。

ベッドの上でバタバタと足を動かしてもその感情は増すばかり。

外から涼子の、いってきま〜す、という声が聞こえても、琉花は送り出しの言葉を発することができなかった。


翌日、銀華は宣言通り学校にこなかった。

最後列の席はずっと空いていて、ホームルームが始まっても埋まることはなかった。

教室に入ってきた谷が四十七の欠席を確認すると、教室がざわめいた。四十七銀華の不在はクラスメイトたちにとっても大きな衝撃らしい。

琉花が教室を眺めていると、めいりが肩をつっついてきた。

「琉花。なんか知ってるでしょ？」

「……知んない」

「絶対知ってんじゃん……つーか、目ぇ腫れてない？」

「……そのうち言うんで、今は放置でおねしゃす」

自分が嘘をつけないということは痛感しているので、先に防壁を敷いておく。

めいりはしばらくツッコミたそうな気配を出していたが、なにかを察したのかすっと引き下がってくれた。

一時限目の英語教師は銀華がいないことに違和感があるらしく、落ち着かない様子で授業を始めたが、次第にいつもの調子に戻っていった。

あの教師と同じようにクラスメイトたちもすぐに銀華がいない日常に順応するはずだ。めいりやひなるもそうだろうし、きっと自分も……。

あたし、なんか暗いことばっか考えてる……キモ……。

一時限目が終わり、琉花が机にへたりこんでいると、頭上からめいりとひなるの声が聞こえてきた。

「なんか朝から琉花が変なんですけど」

「るかちんどしたん？　病み期？」

ひなるの声がくぐもっているので、気になって顔をあげると、黒いマスクをつけたひなると目が合った。

「病み期……そーかも」

「なんで？　銀ちゃんになんか言われたも？」

「違う」

反射的に否定する。

確かに銀華が原因ではあるが、喧嘩したわけではないし、彼女のせいではない。

では誰のせいかと言われれば、間違いなく自分自身のせいだ。

「あたしってなんもないなって思って……力とか……夢とか……」

琉花の呟きを聞いて、めいりとひなるは気まずそうな表情を浮かべた。

「あー、これはやばだね…………ひな、やるよ」

「え？　おー……じゃ、勝ったほうが励ますってことで」

「よし、おっけ」

めいりとひなるがじゃんけんをし始める。

パーで勝ったひなるは顔をしかめた後、すぐに満面の笑みを取り繕った。

「なーんもないなんて、そんなことないも！　るかちん顔かわいーし。メイクうまいし。スタイルいいし。勉強とかダンスもまあまあできっし。男子にも結構モテっし……それから、それから……あ、ラテアートとか描ける！」

「そーいうの求めてるわけじゃなくてさ～」

「え、違ったも？」

ひなるの褒め言葉は絞り出されたものではあるものの空虚ではなかった。いつもの琉花ならば喜んで受け入れられただろうが……今の琉花はいつもの琉花ではない。

「メイクとか、ファッションとか、それってフツーのことじゃん。フツーの女子だったら誰だって気にするくらいフツーのこと……結局あたしってフツーなわけ。夢もなければ力もないフツーの女子……フツーギャルなわけ」

「フツーギャルってなんだも？」

「……あたしにもわかんない」

琉花はますます気分を落ち込ませた。

自分はどうしようもない問題を下手くそにこね回し、周りに迷惑をかけている。

フツーどころか厄介な人間だ。励ましてくれたひなるに申し訳ない。

「わ、私は盛黄(もりき)さんになにかあると思うよ」

張り詰めた声が聞こえた。

顔を上げると、ひなるとめいりの後ろに黒髪おさげの美少女が立っていた。

二年二組の学級委員長、速水(はやみ)ちなみだった。

「あ、せ、生徒会のアンケート取りにきたら聞こえちゃって……」

ちなみが慌てた口調で言うと、めいりとひなるが彼女の肩に手をかけた。

「ちなみ。パス」

「ちーたん。がんば」

「え……う、うん」

ふたりに導かれ、ちなみがためらいがちに琉花の前に立つ。

琉花がその姿をぼうっと見つめていると、

「前に私と四十七さんの間で色々あったよね。体育終わりの更衣室で、私が変なこと言ったら、四十七さんに……その……」

復学した当日、銀華は『嘘を見抜く』能力でちなみを泣かせてしまった。

あの事件は銀華の苦い経験になっていたが、ちなみもなにか思うところがあるらしい。

「あの時、私、なにも考えられなくなっちゃって。周りの子たちがかばってくれたけど、どうしたらいいかわかんなくなっちゃって……」

そりゃそーだ、と琉花は思った。

大勢の前で嘘つきと言われれば混乱するのは当然だし、当事者であるちなみは自分が嘘をついていると知っているのだから、取り乱すのも無理はない。

「でも、そこに盛黄さんが入ってきてくれた。私を守るためだけじゃなくて、四十七さんも守るために。あんなの他の人にはできないよ。だから、盛黄さんになんにもないなんてことはないよ」

ちなみに言われて、琉花は自分が間に入って取りなしたことを思い出した。

ちなみはなにか勘違いをしている。あの時の自分はふたりを守るために動いていたわけではなく、トラブルが大きくなって空気が悪くなることが嫌で動いただけだ。けして正義感で動いたわけではない。

「大げさだって。つか、あんなの誰だってできるし」

「そんなことないっ‼」

「ご、ごめんなさい……」

琉花が反射的に謝罪すると、ちなみは顔を赤くして机に手を叩きつけた。

「あ、あれから私、ずっと盛黄さんにお礼言わなくちゃなって思ってて。それなのに今までなにもしてこなくて。ごめんなさい。い、いや、違って。だ、だからお礼が言いたくて、あ、ありが……」

「ちなみ。がっつきすぎ」

めいりに肩を引かれると、ちなみは自分が興奮していることに気づいたようで、恥ずかしそうに離れていった。

ちなみが離れたことに琉花がほっとしていると、めいりが言った。

「で、どう？　病み期抜けた？」

「病み期通り越して、恥ず期なんすけど……」

「ま、そうだよね……しゃーない。ウチがふたりに手本見せてやりますか」

そう言うと、めいりは髪をゆっくりかきあげ、不敵な笑みを浮かべた。

なんだこの自信満々な感じ？

「中学からの付き合いのウチはあんたのことをよく知ってる。あんたが褒められるよりもケツ叩かれたほうが燃えるタイプってこともね」

「ケツ叩くって、セクハラ？」

「違うっての」

めいりはやれやれという風に溜め息をつくと、琉花の肩に手を置いた。

「琉花。もっと単純に考えな。楽しいことやる。夢がなかったら探す。それでよくない？」

「……あたし、そこまでバカじゃねっすよ」

けして頭がいいほうではないと自覚しているが、こんな言葉で立ち直るほど単純ではない。

銀華のもとに行っても迷惑や足手まといになることは痛すぎるほど理解しているし、行動に移す気もない。

めいりやひなるには悪いが、病み期はしばらく継続しそうだ。

そんなことを考えていると、めいりが目を細めて言った。

「へー、バカじゃなくていいんだ。楽しいことをもっと楽しんだり、人の喧嘩に首つっこんででいいんだ？」

余計なお世話したり、そういうのってバカじゃないとできないと思うんだけど……琉花、それ

「それとこれとは……」

今の自分は退屈な時間を送っている。

めいりやひなると盛り上がることもできないし、ちなみの褒め言葉を受け止めることもできない。周りに迷惑をかけるばかりでちっとも楽しくない。

こんなの嫌だ。

思考が別方向に切り替わる音がした。

銀髪銀眼で黒手袋を外さない美少女。引くほどの美人で表情の乏しい復学生。生真面目でぶっきらぼうな態度のヴァンパイアハンター。

あんな人間と一緒に過ごすなんて、まともな人間ではできない。

自分は銀華と友達でいたい。

それなら、まともでなくたっていい。

「そっか、そーだわ。そーいやあたしってバカだったわ」

楽しいことをやる。夢がなかったら探す。

難しく考えてへこみ続けるならバカでいい。

銀華と会えないのならバカでいい。

というか、むしろバカのほうがいい。

「めい」

「なに？」

「今まで気づかなかったけど、あんたって天才？」

琉花が聞くと、めいりは、気づくの遅すぎ、と笑顔を浮かべた。

「い、今ので立ち直ったも？」

「嘘でしょ……」

ドヤ顔のめいりの脇（わき）でひなるとちなみが固まっている。

琉花は席を立ち上がると、少女たちに向かい合った。

「よし、めいり。後ろに下がって。ひなる。ちなみ。体寄せて……もっとー……もっとー……」

いきなりの指示に三人は不思議そうにしつつも素直に体を寄せ合っていく。

団子のようにまとまった三人を、琉花は今ある力をすべて使って抱きしめた。

「わわわわっ！」

「よくわかった……やっぱあたしはフツーで、特別な人間じゃない……」

「ぐ、苦じい。苦じいなも……」

「でも、あたしにはサイコーのダチがいる！　それでジューブン！」

「ちょ、離せおバカ！　髪が崩れる！」

「うおー！　心の友よー！」

ちなみの戸惑いやひなるの悲鳴、めいりの罵声を耳元で聞き過ごし、腕に力を込め続ける。

数分後、琉花が腕を離すと、三人はふらふらとよろめいていた。

琉花は呆れ笑いを浮かべる少女たちを見つめて、

「これでおっけー！　鬼感謝！　サンキューダチ公！」

三人に向かって叫んだ後、琉花は私物のバッグを肩にかけた。

「じゃ、行ってきやす！」

「も、盛黄さん……次の授業始まるよ……？」

「早退しやす！　ちなみ、言い訳よろ！」

「え、ええ〜っ？」

呆然(ぼうぜん)と見つめるクラスメイトたちを背に琉花は教室を飛び出した。

迷惑だとか足手まといだとかなにを気にしていたのだろうか。自分が会いたいのだから会えばいいのだ。

だって、四十七銀華は盛黄琉花の友人なのだから。

銀華のマンションにたどり着いた琉花は財布から一枚のカードを取り出した。

これは一昨日のお泊まり会で銀華から渡されたもので、このマンションに入るために必要なセキュリティカードだった。

「へっへっへっ……自分の甘さをコーカイしな」

スペアキーを取り上げなかった銀華に対して意地悪い笑いを浮かべつつ、エントランスを通り抜けてエレベーターに乗る。

七階に到着した琉花が内廊下を歩いていると、

「あれ、ドア開いてる……」

銀華の部屋のドアが小さく空いていた。よく見ると取っ手の部分が破壊されている。

おそるおそる近づいて中を覗(のぞ)くと、まるで台風が通り過ぎたように引き裂かれた廊下が視界に飛び込んできた。

銀華とデイヴィッドの戦闘はすでに始まっている。

「いやいやいや、ここまで来てビビっちゃダメっしょ」

自分に喝を入れて恐怖を打ち消す。

自分は銀華の力になるために来たのだ。ここで怯(おび)えていてどうする。

聖銀の粉ネイルはまだ塗られているし、眷属が現れても問題ないはずだ……たぶん。

「ぎ、銀華ー……いるー？」

土足で家に上がり、リビングに入ると、廊下よりもひどい光景が広がっていた。

テーブルは両断され、食器棚は倒れ、窓が大きな穴を空けている。砂漠地帯のように広がる黒砂が、ここで大量の眷属が討伐されたことを琉花に理解させる。

周りを眺めると、武器庫のドアが開いていることに気がついた。ドア横のパネルが外れ、中の配線がはみだしている。無理矢理ロックを外されたようにしか見えない。

武器庫の惨状はリビングといい勝負だった。足元は黒砂まみれで、棚はすべてずたずたになっている。飾られていた剣や銃はほとんどなくなっており、タブレット類は真っ二つに割れて作業机の付近に転がっていた。

その後、琉花はキッチンや風呂場、トイレまで調べたが、銀華はおろかデイヴィッドや眷属の姿もなかった。

「……あ、そーだ」

スマートフォンを取り出し、ヴァンパイアサーチアプリを起動する。

祓気を使用しているヴァンパイアハンターはこのアプリ上で青色の光点で表示されるらしい。これを見れば銀華とデイヴィッドがどこにいるかわかるはずだ。

アプリが立ち上がると、画面上に十個強のオレンジ色の光点が表示された。

「うわ、こんなにいんだ……」

眷属の数に驚きつつ、琉花はアプリを観察して、画面上に浮かぶ青色の光点——銀華を表す光を発見した。

オレンジ点たちが青点に接近し、一瞬でその数を減らす。すぐに別のオレンジ点たちが出現して青点に向かっていくと、そのオレンジ点たちも瞬時に消滅した。そしてまたオレンジ点たちが発生し、繰り返すように青点に向かい……。

「……やっぱ行かないと」

銀華はこの瞬間も大量の眷属と戦っている。今は勝っているようだが、この物量相手ではいつ限界が訪れてもおかしくない。

しかし、自分がこのまま行っても足手まといになるだけ。なにか武器を探さないと。

琉花が空っぽ同然の武器庫に足を踏み入れると、棚の奥からかたんとなにかが傾く音が聞こえた。

「ん……？」

眉（まゆ）を寄せながら棚に近づくと、奥のほうで転がっている大量の小瓶（こびん）が見えた。

その中に詰め込まれた粉は、今一番会いたい友人と同じ色をしていた。

九章 オシャレは自分のため

電柱を蹴って夕空に飛び出すと、目の前に大量の眷属が出現した。

黒い粘土質のそれらは刀や斧を高く上げ、銀華に向けて攻撃を繰り出してくる。

「うっとうしいっ！」

銀槍を斬り上げると、眷属が黒砂に変わり、刀や斧が地上へ落ちていく。

首筋に怖気を感じて体をひねると、後方から銃弾が通り過ぎていった。

目を凝らし、家屋の上に拳銃や長銃を持った眷属がいることを確認する。

「私の武器を奪うとは……やってくれる……！」

眷属たちが使用している武器は銀華のマンションにあったものだ。

自分の所有物が盗まれ、自分を殺すために使われている。腹立たしいことこの上ない。

祓気で矢を作り出して家屋に向けて射出する。眷属たちが吹き飛ぶと、銃が屋根を滑り落ちていった。それらは別の眷属に回収され、攻撃に再利用される。刀や斧も同様に別の眷属が拾い上げている。

襲われては倒し、倒しては襲われる。昨日からこの繰り返しだ。

スマートフォンを使用不能にされ、武器を奪われた。こちらの攻撃は建物を破損しないように加減しなければいけないし、民間人の目撃を防ぐために高速で動き回らなければならない。少しずつだが確実に気力が削られている。

このままではいけない。

意識を集中させて祓気を広範囲に飛ばす。自分以外の祓気が引っかかる感覚。その流れを追い、出どころを探知する。

遠方の寂(さび)れた立体駐車場。デイヴィッドはそこにいる。

こちらに眷属を差し向けるためか、祓気を垂れ流しにして銀華の位置を探っている。

「いや、誘っているのか……?」

祓気の出し方がわざとらしい。あの男はサポートを専門とするヴァンパイアハンターだ。こちらが察知できないように潜伏することもできるはず。罠(わな)の可能性が高い。

だが、勝負に出るなら余裕のある今しかない。

藪蚊(やぶか)のように集まってくる眷属を蹴散らし、一直線に立体駐車場を目指す。

吹き抜けから突入し、砂埃(すなぼこり)を立てながら着地する。車は一台も止まっておらず、床や柱にはひびが入っている。外観からも察せたことだが、この立体駐車場はすでに利用されていないようだ。

「出てこいデイヴィッド！　いつまで臆病風に吹かれるつもりだ！」

こんな安い挑発に彼が釣られるとは思っていない。自分がここにいると伝えて、無関係の人間を巻き込む確率を下げたいだけだ。相手へのプレッシャーにもなれば上々。

そう思っていたのだが、

「……二十四時間戦い続けてもまったく衰えない無尽蔵のエキソフォース、それを支える強靭な精神力。流石は〝銀の踊り子〟、我らが希望」

低い声とともに闇の中から人影が現れた。

デイヴィッド・ハイゲイトは昨日と変わらずダークスーツを身にまとい、灰色がかった瞳を愉快そうに細めていた。

「その二つ名はやめろと言ったはず、だっ！」

銀華が槍を投擲すると、デイヴィッドの前に五体の眷属が現れた。

一体目が槍の衝撃で消し飛び、二体目が槍に貫かれ、三体目の腹に槍が食い込んだ。眷属を貫く度に槍の勢いが落ちていく。五体目が黒砂と化した時、槍の威力は残っておらず、デイヴィッドの裏拳によって霧消した。

「眷属に守られる狩人か。恥を知れとはこのことだな」

銀華の憎々しげな呟きに、デイヴィッドは息を吐いた。

「アナタとてこの世に生きにくさを覚えているはずです。我々の研鑽が生かせないこの世に。我々の功績を認めようとしないこの世に」

「狩人は栄誉を求めてはならない。戒律すら忘れたか」

「その戒律を定めた狩人同盟が腐敗し、堕落したと言っているのです。これ以上放置していれば戒律が改悪される恐れもあります。手を打つなら今しかありません」

会話を交わしつつ、銀華はデイヴィッドとの距離を測る。

十メートルも離れていない。祓気を整えれば一息で詰められる距離だ。

しかし、彼が素直に姿を現したことが気にかかる。あのまま潜んでいれば勝てる可能性は十分あったというのに。

なんらかの策があることはまず間違いない。

「狩人同盟の不手際によって困窮する者は多く、自ら命を断つ者もいます。ワタクシたちはそれを解決したいだけ。ギンカ、どうか我々をお助けください」

この期に及んで勧誘しようとするデイヴィッドに、銀華は怒りを込めて言った。

「狩人たる者、戦後の不自由は覚悟していたはずだ。その不自由さを乗り越えることもまた試練。新たな戦いに挑んでいる彼らを侮辱するな」

ヴァンパイアハンターは日常を捨てることで祓気を身につける。

その彼らが不自由さに耐えられないとは思えないし、十代の小娘の助けを必要とするとも思えない。さらに言えば、デイヴィッドの証言のみで判断するわけにもいかない。

「……やはりアナタは倒さなければいけませんねぇ」

デイヴィッドが指揮者のように指を振ると、柱の裏から新しい人影が現れた。

数は四体。今までの眷属と違い、粘土質の肌をしていない。日光の影響で体を細かく痙攣させていることは同じだが、衣服を身につけ、靴を履いている。

「……変異中の人間か」

これは眷属ではなく、ヴァンパイア化中の人間だ。

彼らは一様に青白い肌をして白目を剝いていた。意識はないようで、その足運びは壊れた機械を連想させた。

「この四名には希釈したヴァンパイア因子を注入しています。完全変異には時間がかかるでしょうが、使役を目的とするならばこちらのほうが都合がいい……その上で、こうです」

さらにデイヴィッドが指を振ると、天井や床から眷属が現れ、変異中の人々にまとわりついていった。その粘土質の体が伸びていくと、人々の姿はいつしか眷属と似通ったものになっていた。

これでは人と眷属の見分けがつかない。

「なるほど、これが貴様の策か」

人相手への手加減した祓気では眷属を倒しきることができないし、眷属を滅却するための攻撃を人間相手に放つわけにはいかない。そもそも見分けがつかないため、安易に攻撃もできない。

攻撃手段を封じられた。

顔を険しくする銀華に対して、人と眷属の混成軍が飛びかかってくる。足裏から放射した祓気で回避すると、混成軍が追撃をしかけてくる。動きが遅いため、回避は難しくなかったが、数が多すぎる。

確実に気力が削られていく。これでは空中戦の繰り返しだ。

「〝銀の踊り子(シルバーダンサー)〟。ワタクシを倒すというのなら、踊っている場合ではないと思いますがねぇ?」

遠くからデイヴィッドの挑発が聞こえる。

不快に思うと同時に、そうかもしれない、とも思う。

この状況を打破する方法は至って単純。変異中の人々ごと眷属を斬り捨てればいい。

だが、それは祖母と自分の理念に反する行為だ。

これまで自分は無辜(むこ)の人々を守るために怪物たちと戦ってきた。その自分が人々を傷つけるなどあっていいはずがないし、できるわけがない。

しかし、ここでデイヴィッドを逃がし、ヴァンパイア復活計画が成されればどうなるか。

世界には再び殺人鬼が溢(あふ)れ、人々は夜な夜な姿を消すことになる。犠牲者の遺体は怪物たちの腹の中に収まり、自殺者や行方(ゆくえ)不明者として処理される。人々の尊厳は踏みにじられ、お互い猜疑心(さいぎしん)を抱くようになり、平和な生活は脅かされる。

決断は早いほうがいい。

銀華は祖母に謝罪した。これから自分は理念と反することを行う。非情な行為ではあるが、ヴァンパイア復活計画の達成と天秤（てんびん）にかければこうするしかない。

許しは請わない。

ただ、すべてが終わった後に罰してもらうことを願う。

銀華が敵を殲滅（せんめつ）するために祓気を漲（みなぎ）らせていると、背後から軽い足音が聞こえた。

別の眷属か？　それとも別の犠牲者か？

警戒しながら振り向くと、ひとりの少女が見えた。

そのホワイトブロンドの髪を持った少女は、メイクを施した顔に明るい表情を浮かべ、短いスカートをはためかせながら、こちらに向かって走っていた。

盛黄琉花（もりきるか）だった。

なぜ？　ここに？　琉花が？　いる？

銀華が困惑していると、琉花はその場で大きく一歩踏み出した。

「よいしょーーーー！」

奇妙な叫び声をあげながら、琉花は大量の小瓶（こびん）を放り投げた。

銀華たちの頭上で小瓶たちが花火のように弾（はじ）ける。詰め込まれていた銀粉が雪のように降（ふ）り注（そそ）ぎ、白銀の光が立体駐車場を包んでいく。

聖銀の粉の効果は劇的で、それを浴びた眷属は黒砂に変わり、人々は元の姿に戻ってその場に倒れ伏した。彼ら彼女らの呼吸は穏やかで、気を失ってはいるが、命の危険はなさそうに見える。

「は……？　ほ……？」

自分の用意していた策が一瞬にして破られたことが受け止めきれないのか、デイヴィッドは呆けた声を出して固まっていた。

すぐに動かない様子を見るに、用意していた変異中の人間はこれで全員ということらしい。

つまり、それは銀華がしようとしていた覚悟が無意味になったことと同義でもある。

こんなことがあっていいのか。

愕然とするヴァンパイアハンターたちの前で、

「お待たせっ！」

盛黄琉花は晴れやかな笑みを浮かべて言った。

◆　◆　◆

ヴァンパイアサーチアプリをガイドにして、電車に乗って隣町へ行き、立入禁止の柵を越えて立体駐車場を駆け上がると、銀華が眷属に囲まれてピンチになっていたので、とりあえず聖銀の粉を投げつけた。これが琉花の行動のすべてだった。

眷属たちの上に届いた大量の小瓶は次から次へと破裂し、あたりに銀粉を撒き散らし、眷属たちをナメクジのように溶かしていった。

「うわ、すっご！　これ、マジで効果あるんだ！」

琉花が大興奮していると、輝く煙の隙間から唖然とした表情の銀華が見えた。

「琉花……どうしてここに……？」

「え、電車とタクシー」

「いや、移動手段のことではなく……くっ！」

銀華はその場でステップを踏むと、瞬時に琉花の目の前まで近づいてきた。

彼女は琉花の肩を押さえると、祓気の槍を生成し、琉花の後方に投げつける。肉が焼けるような音。琉花がちらりと後ろを見ると、眷属が倒れていた。

「判断が早いな、デイヴィッド」

琉花の肩に手を添えたまま、銀華はデイヴィッドを睨みつける。

「弱者を狙うのはヴァンパイアの常套手段でしたからねぇ。敵を知り己を知らば百戦あやうからず。卑怯とは言いませんよねぇ？」

そう言うと、デイヴィッドは銀色の銃――純銀銃を構え、琉花目掛けて引き金を絞った。

え、チューチョなしじゃん！

呆然としている琉花の前に銀華が立ちはだかり、祓気で強化した拳でデイヴィッドの六つの弾丸を捌き切った。

「一度引く。琉花。口を閉じて肩につかまってくれ」

「わかっ、あひゅ」

銀華に腰をぐっとつかまれると、周りの景色が歪んだ。

ハイスピードで跳躍していると気づいたのは角をふたつ曲がった時。銀華の手が離れた瞬間、琉花の足がふらついた。いきなりの高速移動で三半規管が悲鳴を上げている。

「うぷ……これ、明日に響く……」

琉花が口を押さえていると、銀華が指を突きつけてきた。

「なぜ来た？　私に近づけば巻き込まれると伝えただろう」

鞭で叩くような声色に、琉花の口が緩む。

このぶっきらぼうな口調は四十七銀華以外の誰でもない。

「や～、あたし、バカなんでそーいうのわかんなくってさ」

「あぁ？」

威圧感のある声とともに銀華の周りで祓気の粒子がうねり始める。今まで見たことのない祓気の動き。彼女の激怒具合を示している。

でも、こっちだって間違ってるわけじゃない。

わざとらしく空咳をしてから、琉花は言った。

「バカなりに色々考えてみたんすよ。銀華があたしらのこと考えてくれたってのはわかってっけど、楽しいことばっかが友達ってわけじゃないし。困った時に助け合うのも友達じゃん？だから、来た」

盛黄琉花と四十七銀華は友達だ。

楽しいことは一緒にしたいし、相手が困っていれば力になりたい。おせっかいと言われようと、図々しいと言われようと、これが琉花の信念だ。

「それに、なんか囲まれてピンチっぽかったし。あたしのおかげで助かったっしょ？」

「あれは変異中の人間と眷属が一緒に攻撃してきたので手加減させられていただけで、ピンチだったわけではない」

「あー、そーなんすね……」

あれ、もしかして余計なことした？

琉花が気まずく思って目をそらしていると、銀華が言いにくそうに言った。

「だが、まあ、聖銀の粉はヴァンパイア因子にのみに攻撃できるように調整されているので、結果的に、見方によっては、偶然の産物ではあるが、幸運なことに、ある意味……聖銀の粉での制圧が一番よかったと言えるかもしれない」

銀華はどこまでも不満げだったが、その答えは琉花のことを認めてくれていた。

自然と口元がへらっと緩む。

「へっへっへっ。お銀さーん。なんかゆーことあんじゃねっすか？」

「調子に乗るな。偶然うまくいっただけで、君が足手まといということには変わりない」

「素直になれよ～」

琉花が肘で肩をつっつくと、銀華はうっとうしそうに顔をしかめていたが、そのうち呆れるように肩を落とした。

「助かった。ありがとう」

「どいたまっす」

「君は……まったく……」

銀華は首をやれやれと横に振っているが、その口は緩んでいた。

これ見られただけでも来た意味あんな、と琉花が考えていると、銀華は戦士の表情に戻った。

「しかし、これからのデイヴィッドは琉花を狙って攻撃してくるだろう。やはりここに君をいさせるわけにはいかない。私が援護するので、脱出してくれ」

どうあっても銀華は自分をここから追い出したいらしい。

無言の抗議として琉花は自分の爪を見せた。聖銀の粉を塗ったネイル。銀華に十分な対策になると言われたため、今日は足の爪にもしてきた。

しかし、銀華は首を横に振った。

「どうやっているかは不明だが、デイヴィッドは大量の眷属を生み出すことができるようだ。

君の爪では少数相手ならば対抗できても、囲まれれば対応しきれない。その上、君は誘引血(テンプテーション・ブラッド)の持ち主だ。ただでさえ眷属を誘引してしまうのだから……」

銀華は途中で口を閉じ、角から顔を出して向こう側にナイフを投げた。肉が倒れる音と砂が崩れる音が聞こえる。

「もう追いついてきたか……」

切羽詰まったような声色に、残り時間の少ないことを察する。

琉花はバッグを抱きしめて銀華を見つめた。

「あんさー、実はもうひとつアイデアがあっから聞いて欲しいんすけど……ほら、前に変なことすんなら先に言えっつってたじゃん？」

「つまり、変なことをするつもりなんだな？」

「へへっ」

「笑ってごまかすな……不安だが、一応聞こう。非常に不安だが」

二回も不安と言われ、少し心を傷つけられつつ、琉花はバッグからあるものを取り出した。

「こーいうのどーすかね」

目の前で振られるアトマイザーを見つめて、銀華は理解不能という風に眉(まゆ)を寄せた。

「それは私が君に贈った香水ではないか」

「そそ。このアトマイザーに工夫してみたんすよ」

「工夫？」

ボトルの中で波打つ液体を見つめ、銀華は不思議そうな顔をしながら首を傾けていたが、

「ム……まさか……」

驚愕によって表情を崩した。

銀華は困惑した様子で琉花とアトマイザーを見比べて、

「いや、だが、効果があるのか？」

「ん。さっき試したけど、できた」

「で、できた？　できたのか？」

「見てなって」

ドヤ顔を銀華に向け、琉花は自分の手のひらに香水を吹きかけた。

柑橘系の芳香漂うそれを、首筋に薄く塗っていくと、とある効果が現れた。

「ほれ、どーよ」

琉花が自慢げな表情になると、銀華は目を見開き、うろたえるように琉花の体にぺたぺた触れてきた。

「そんな……こんな、こんなことがあっていいのか……」

「ちょ、あはは、くすぐった……む、胸。胸揉んでる」

「すごい……」

「え、ど、どっちが？　効果のほうすよね？　うおっ、ブラずれるっ！」

　琉花が押しのけると、銀華はゆっくり離れていった。納得いかない様子だったが、それでも先程までの追い出したい雰囲気は薄れている。

「信じられないことだが、十分対応できる効果がある、ようだ……」

「ってことは？」

「……ここは君に任せて、私はデイヴィッドに集中する」

「っしゃ！」

　琉花が拳を握りしめると、銀華は苦いものを食べたような顔をした。

「だが、どこまで行けども君は非戦闘員。基本は逃げるんだぞ」

「りょっす！」

「……本当にわかっているのか？」

　手のひらを額に当てて敬礼している琉花に半目を向けた後、銀華はくるりと振り返った。

　再び戦いに挑もうとする友人の背中に声をかける。

「銀華」

「なんだ？」

「勝ってきてよ」

「無論だ」

頼もしい返事に心が熱くなる。

ヴァンパイア復活計画だかなんだが知らないが、銀華が吹き飛ばしてくれる。

期待に胸を膨らませていると、琉花はあることに気づいた。

「あー、あと」

「どうした?」

「〝銀の踊り子(シルバーダンサー)〟って二つ名かっけーと思うんで、必死こいて隠すことないと思うんすけど……あ、行っちゃった」

◆　◆　◆

双剣を携えて曲がり角を飛び出すと、通路の中央にデイヴィッドが立っていた。

吹き抜けから届く光は日が傾いたことで青紫色に染まり、デイヴィッドの表情をわかりにくくさせている。

「待たせたな。デイヴィッド」

銀華が通路で立ち止まると、デイヴィッドは無言で手を払った。それを合図とするように、立体駐車場の柱の影から大量の眷属が這(は)い出てくる。

「行きなさい」

デイヴィッドが命ずると、眷属たちが壁を這うように駆け出し、銀華を避けてその後ろに進んでいく。

その間、銀華は微動だにしなかった。

「……ご友人を見捨てるのですかぁ？」

デイヴィッドが意外そうに呟いている。琉花を守ることよりもデイヴィッドの討伐を優先させたことに驚いているらしい。

「見捨てるのではなく信じることにしたんだ。狩人同盟を見捨てた貴様と違ってな」

デイヴィッドの口の端が痙攣した。今の言葉はかなりのストレスになったらしい。

怒りを鎮めるためか、デイヴィッドは長い息をつくと、純銀銃のシリンダーを開き、祓気を込め始めた。

「お嬢さんが持つ聖銀の粉が尽きる前に私を倒すという算段ですかぁ。いいでしょう。いいでしょう。その対決に乗りましょう」

祓気を込め終えると、デイヴィッドは手首のスナップでシリンダーを閉じた。戦闘の準備は完了したということらしい。

こちらも完了している。

銀華は二刀の銀剣を構え、その切っ先を瘦身(そうしん)の背教者に向けた。

「ここでお前を討つ。〝透眼通(ルシドボヤンス)〟」

デイヴィッドは純銀の銃を持ち上げ、最強のヴァンパイアハンターに照準を合わせる。

「望むところです。〝銀の踊り子〟」

動いたのは同じタイミングだった。

銀華が足裏から祓気を放射して突進すると、デイヴィッドは祓気で強化した足で柱を駆け上り、天井を走って銀華から距離を取った。

「まさか素直にアナタとぶつかりあうとでもぉ？」

言葉とともに、直線、曲線、高速、鈍速、様々な速さの弾丸が銀華に向けて発射される。

銀華はそれらを難なく双剣で叩き伏せ、追跡のスピードを上げた。

「今さら銃弾が効くと思ったか！」

銀華の叫びにデイヴィッドは笑いを返す。その声にはどこか余裕が感じられる。シリンダーが閉じる音。再装塡は済んだらしい。

デイヴィッドを追いかけながら思考を働かせる。

眷属たちは煩わしいが、戦闘力はヴァンパイアと比べれば格段に落ちるし、陽の光がある今は恐れる必要がない。デイヴィッドの攻撃も徐々に威力が落ちている。こちらの勝機は十分すぎるほどある。

あの男がそれに気づかないはずがない。

デイヴィッドは天井から離れると、近場の柱に体を隠した。

銀華が剣を投擲したのは無意識のことだった。高速回転した剣は床を削り取りながら進み、柱の一部を削り取ると、向こう側にあったデイヴィッドの足首を吹き飛ばした。

切断された革靴が床を滑っていく。

簡単すぎる。

手応えのなさに違和感を覚えつつ、銀華は言った。

「デイヴィッド。それ以上欠損したくないだろう。今ならば祓気で足を接合できる。五体満足で墓に入りたければ、今すぐ出てこい」

銀華の呼びかけにデイヴィッドの反応はなかった。柱から出てくる動きもない。

あまり使いたくはなかったが、仕方がない。

「警告はしたぞ」

銀華が左手に意識を集中させると、立体駐車場が揺れ、旋風が吹き荒れ始めた。

空気中の塵が散乱し、耳障りな高音が響き渡る。周囲から明るさが失われ、銀華の手のひらに光が収束していく。

銀華の手の上で、銀色の台風がうごめいている。彼女はそれを柱に向けると、抑えていた祓気を解放した。

「ハアアアアッ！」

銀華から螺旋状の衝撃波が射出される。

雷のような爆音とともに立体駐車場が激しく振動し、銀華の上に土砂が降り注ぐ。体にまとった祓気によって土砂が弾かれ、銀華の周りに砂粒が飛び散っていく。

デイヴィッドが隠れていた柱は円形型に切り取られ、内部の鉄筋はぐしゃぐしゃに捻じ曲げられていた。空洞の向こう側では土煙と瓦礫が広がっている。

あの中にデイヴィッドが転がっている。

「生きているのなら返事をしろ。貴様も狩人だ。この程度の攻撃で死ぬはずがない」

銀剣を握りしめ、瓦礫に向けて足を進める。

広がる土煙を銀剣で払っていると、瓦礫の上に動かない眷属を発見した。

その眷属には片足がなかった。

「……おとりか」

「はい。その通りぃ」

背後に気配を察知した直後、後頭部に硬いものが当たった。

見なくともわかる、これは銃だ。

「あの眷属にはワタクシの身代わりとなるようにフェイスマスクやスピーカーを仕込んでいたのですがぁ……あのようなビーム相手では意味ありませんでしたねぇ」

背後から聞こえる声に、銀華は鼻息を出しつつ返事をする。

「ビームではない。あの攻撃には渦状のくしゃみという名がある」

「リング・アティシュー……くしゃみというには強烈ですねぇ」

不快な笑い声を聞きつつ、銀華は彼の行動を推理した。

こちらから距離をとった後、柱の陰でおとりの眷属と入れ替わり、自身は天井かどこかに隠れていた。そして銀華が光線を放った後、隙を見て後ろについた。そんなところだろうか。

「しかし、最強のヴァンパイアハンターの最期がこれとは。いささか虚しいですねぇ」

デイヴィッドの声からはほのかな高揚が感じ取れた。

自分の策がうまくいったことに感激しているのか。銀華を打ち取れることに興奮しているのか。それともその両方か。

「言い残すことはおありですかぁ？」

デイヴィッドの言葉を聞いて皮肉な気持ちになる。

かつての銀華も最後のヴァンパイアには遺言を求めた。まさか戦後になって同じ立場を味わうことになるとは。

少し面白い気もしたが、笑うわけにはいかない。因果は巡るということか。

「デイヴィッド。貴様が前線に参加したのは殲滅戦からだったな」

まだ戦闘は続いているのだから。

「つまり、貴様は私が持っているスキルをあまり知らない。そうだな？」

「そうですが、それがぁ？」

「いい機会なのでいくつか教えてやろうと思ってな」

銀華は腕をだらりと下げて言った。

「まずひとつ、私は接触した対象の祓気をある程度操（あやつ）ることができる。全身を動かすことは難しいが、指を動かせなくするくらいは可能だ」

「な……………！」

ようやくデイヴィッドは自分の指が動かないことに気がついたらしい。

引き金を引こうとしているらしく、腕の筋肉をこわばらせている。この混乱模様では足も動かなくなっていると気づくのはいつになるだろうか。

「二十四時間私と戦い続けたことで貴様の祓気は尽きかけていた。なので、いずれ貴様が威力の高い接射を選ぶことは予測できた……貴様が私を追い込んだのではない。私が貴様を追い込んだのだ」

息をつきつつ、銀華は祓気を集中させた。

柱を壊した時よりは弱めに。だが、確実にダメージが与えられるように。

「次にもうひとつ……私は体のどこからでも祓気を放射できる。たとえ背中側からでも」

銀華の言葉にデイヴィッドは反応しなかった。呆然自失状態らしい。戦闘中だというのに腑（ふ）抜けたことだ。

準備を終えた銀華は、翼を生やすように背後へ祓気を放出した。

「ヤアアアアアアアッ！」

叫び声とともにデイヴィッドの気配が遠ざかっていく。発砲音が聞こえたが、祓気に押し負けたのか、見当違いの方角にそれていった。

振り返ると、五体を床に放り出しているデイヴィッドが見えた。素早く接近して彼の右手首をかかとで踏み潰す。

「ギィッ！」

めきりと手首の骨が折れると、デイヴィッドの手がびくびくと震え、純銀製の拳銃が床にごとりと落ちた。

「こんっ、こんなだまし討ちで……ワタクシが……」

デイヴィッドは痛みよりも悔しさから顔をしかめているようだった。

自分の練った策が雑な手段で切り抜けられた。納得できない気持ちは理解できるが、知ったことではないし、戦いというのは常に理不尽なものだ。

銀華はデイヴィッドに銀剣を突きつけて言った。

「貴様の負けだ。デイヴィッド・ハイゲイト」

銀華の勝利宣言を聞いたデイヴィッドはしばらく顔を歪めていたが、そのうち全身から力を抜いて、諦めたような笑みを浮かべた。

「痛み分けですねぇ……ワタクシは負け……アナタはご友人を失ったたぁ……」

デイヴィッドの視線は銀華ではなく、その後方に向けられていた。

彼は左手を立てると、琉花がいるであろう曲がり角を指差した。

「向こう側の眷属たちの動きがありません。ご友人の悲鳴も聞こえてこない……あちらでなにが起こっているかは明白です」

デイヴィッドの自信のこもった負け惜しみに、銀華は溜め息で応える。

この男はなにを言っているのか。

「デイヴィッド、索敵能力も鈍ったか?」

「なにを言って……」

「時間を与える。やってみろ」

銀剣をどかし、デイヴィッドに索敵を仕向ける。

デイヴィッドは冷や汗を浮かべつつ、周囲に向けて微弱な祓気を飛ばして、

「なんですかぁ、この気配……これは、まるで……」

デイヴィッドの灰色の目は意味不明さへの困惑と不安で揺らぎ始めた。

今までの所業を考えればもう少し苦しめてもいい気がしたが、後処理のこともある。さっさと答えを見せつけよう。

銀華は曲がり角に向けて声を放った。

「琉花ー!　こちらは終わった!　来てもいいぞ!」

「あ、終わったー？　お疲れお疲れー！」

場違いなほど明るい声とともに曲がり角から琉花が走ってきた。

ホワイトブロンドに染められたきらめく髪。青紫のカラーコンタクトが入った瞳。ワンポイントトピアスとチョーカー。太ももを飾り付ける片足のガーターリング。

そんな彼女の周りから、炭酸水の気泡のように銀色の霧が立ち上っていた。

デイヴィッドは愕然とした表情で言った。

「え、えきっ、えく、え、エキソフォース？」

琉花は祓気によって髪をなびかせつつ、軽い足取りでこちらに近づいてくる。

「や～、デイヴィッさんもお疲れっす……あれ、なんか手ぇ変な風に曲がってね？」

「琉花、後ろから来ているぞ」

「え？　わ、やべっ」

琉花の誘引血に惹かれたのか、後ろから眷属たちが近づいてきている。

琉花が、こっち来たらダメだってー、と手を払うと、眷属は彼女の祓気に反応して、どろりと砂に変化した。

「うぇっ、また溶けた……ハンパないっすね、祓気」

手をひらひらと振る琉花には傷ひとつない。

それは彼女が眷属たちの猛攻を切り抜けたということを意味していた。

「かのっ、彼女は……ヴァンッ、ヴァンパイアハンター……なのですかぁ？」

デイヴィッドの驚きはもはや恐慌状態に突入したらしく、犬のように呼吸をしていた。

「違う。琉花は一般人だ」

「で、では……この短期間でエキソフォースの修得を……？」

「それも違う。こんなところで祓気付与の手術が行えるわけがない」

「ア、アナタには他者に祓気を付与できるスキルが……？」

「そういうスキルを持つ狩人もいるが、私にはない」

「し、しかし……でっ、で、では、なぜ彼女がエキソフォースをまとっているのですかぁ！」

デイヴィッドの喚き（わめき）を銀華が聞き流していると、琉花が嬉（うれ）しそうにスカートからアトマイザーを取り出した。

「正解は……これっす！」

「な、なんですかその瓶（びん）はぁ……？」

「これは香水。これをこーして。こーするんすよ」

飛び出しそうなほど目を見開くデイヴィッドの前で、琉花が実演を始める。

琉花がアトマイザーから手首に香水を吹きかけると、柑橘系（シトラス）の香りとともに、銀色の粒子が手首で輝き始めた。

「せ、聖銀の粉と……香水を……混ぜたのですかぁ……⁉」

デイヴィッドが声を震わすと、琉花は、正解っ、と頷いた。

「ちなみに聖銀の粉はグリッターとかネイルとかにもしてます。かわいーっしょ」

「い、いやいや！　そんな、そんなことができるわけが……！」

「で、でもできてっし……」

それ以上琉花に話させると横筋にそれる気がしたので、彼女を手で制する。

デイヴィッドは動揺しているようで、日本語と英語を混合して呟いていた。

「香水のオイルや香料と結合している……？　いや、揮発性そのものに……？　では持続性は……いや、しかし前例がないですし……」

デイヴィッドに小指の爪の先ほどの同情を覚えながら、銀華は言った。

「私も驚いたが、祓気を使えない人からすれば、投げつけるよりも体に塗ったほうが護身になる。祓気が使える我々にはない発想だ」

「それは…………」

デイヴィッドは口をぱくぱくと開閉した後、打ちのめされたようにうなだれた。

彼も琉花の手段が有用だと認めざるを得ないのだ。もしかすると、こんな安直な手段を技術職である自分が思いつけず、日本の女子高生が思いついたことに屈辱を覚えているのかもしれない。

もう一つダメ押しをしておこう。

「デイヴィッド。最後に一番大事なことを教えてやろう」

「大事なこと……?」

不思議そうに見上げるデイヴィッドに対して、銀華は笑みを浮かべて言った。

「メイクは自由なんだ」

◆　◆　◆

やったやったやったぁ～！　勝利ィ～！　イェ～イ！

琉花が超人気分をエンジョイしているうちに銀華はデイヴィッドを倒したらしい。デイヴィッドの右腕がおかしな方向に曲がっていたり、立体駐車場の柱が派手にぶっ壊れていたり、気になるところはたくさんあるが、とにかく勝った。終わりよければすべてよしだ。

琉花が銀華とハイタッチを交わすべきか悩んでいると、

「ワタクシの完敗ですかぁ……く、くく、ははは……」

デイヴィッドが笑い始めた。自身の敗北を自嘲するための病的な笑い。

その声は衝撃とともに止まる。

「グウウウッ!!」

気がつくと、デイヴィッドの左手首に銀のナイフが刺さっていた。

痛みに悶えるデイヴィッドに対して、銀華は銀剣を鼻先に向ける。

「勘違いをするな。貴様を生かしている理由は雑談のためではない。ヴァンパイア復活計画の賛同者を吐け。全員の名を告げるまで腕の風通しをよくしていく」

両手首の機能を奪われたデイヴィッドは、脂汗を流しつつも挑発的な笑顔を浮かべた。

「お、脅されて仲間を売るとでもぉ？」

「もう一穴空けておこう」

「ちょいちょいちょい！　グロいグロいグロい！」

銀華が新たに生成したナイフを振りかぶるのを見て、琉花は抗議の声を発した。

いきなりの蛮行に反応が遅れてしまったが、この行為を続けさせるわけにはいかない。

「もうあたしらの勝ちなんでしょ！　デイヴィッさんも動けないみたいだし、これ以上やるヒツヨーなしなし！」

手でバツマークを作って銀華の顔に近づけると、彼女は小さく首を振った。

「琉花。そういう次元の話ではないんだ」

「じ、次元ってなに。三次元とか、二次元的な？」

琉花の問いかけを無視して、銀華はデイヴィッドから目を離さずに言った。

「この男ができることはヴァンパイア復活計画のメンバーもできると考えたほうがいい。ここで今、この男から情報を聞き出さなければ、世界にまた混乱が訪れることになる。どんな手を使ってでも賛同者の名前を吐かせる」

目がマジだ……。

どんな手を使ってでもということは、デイヴィッドをこれ以上痛めつけるということだろう。

や、それはダメっしょ。

「か、狩人同盟とか、警察に連絡しよーよ」

「狩人同盟は麻痺し、日本の警察組織には狩人を拘束しきる力がない」

「そ、それでもゴーモンはやばいって」

「狩人同盟は私に生殺与奪権……狩人を殺す権利を付与している」

冷酷な言葉に体がこわばった。

銀華の祓気は何匹もの眷属を斬り捨てることができて、建物を簡単に破壊することができる。

それは人間という肉の塊を相手にしても同じはずで。

「さ、サツジン。サツジンザイになるよ、それ」

琉花の下手な抗議に対して、銀華は寂しそうに言った。

「私が今まで殺してきたヴァンパイアたちも元は人間だ。眷属も動物や虫とはいえ命には変わりがない。私は今まで多くの命を傷つけ、奪ってきた。その罪が今日もうひとつ増えるというだけのこと………見ていられないなら出ていったほうがいい」

突き放すような声に彼女の意志の固さを感じる。

正直、人が傷つくところなんて見たくないし、銀華がそうするところなんてますます見たくない。いち早くこの場から立ち去りたい。

だからこそ、自分はここにとどまるべきだ。

「出てかない」

「では、見ているのか？」

「それもしない！」

思い切って銀華の手首をつかむと、彼女から膨大な祓気が放出された。

琉花がまとった弱々しげな祓気と違い、あふれる濁流のような激しい光。デイヴィッドは銀華のことを最強のヴァンパイアハンターと呼んでいた。これがその力なのか。

「離してくれ」

「は、な、さ、な、い！」

体を擦りつけるように銀華の腕にしがみつく。

うっとうしそうにしてはいても銀華は琉花を吹き飛ばすことはなかった。彼女が厳しいのはヴァンパイアやデイヴィッドに対してだけで、一般市民である琉花には強硬手段に出られないのだ。

説得するなら今しかない。

「も、もう戦いは終わったじゃん！」

「まだ終わっていない。この男から情報を引き出すまでは終われない」

「そっちじゃなくて！」

「なんの話だ」

銀華の静かな怒声とともに祓気の奔流が乱れる。

今は働いてよあたしの頭……！

自身を鼓舞してから、琉花は叫びながら言った。

「あたしが言ってんのは、ここじゃなくて、ヴァンパイアとの戦いのこと！　今ここでデイヴィッさんをゴーモンすんのはさ、そっちの戦いに戻る、みたいな感じすんじゃん！　それはダメっしょ！」

琉花は銀華とデイヴィッドを視界におさめて、

「銀華とか、デイヴィッさんとか、ヴァンハの人らが頑張ったから戦いは終わったんでしょ。そんだけ頑張ったのに、結局そっちに戻っちゃうんだったら、なんのために戦ってきたのか、頑張ってきたのかわかんないって！」

根性で舌を回しつつ、琉花は銀華の耳に向けて言った。

「あたしらといて楽しいって言ってくれたでしょ。だったら、もう少しこっちの世界にいなよ」

結局のところは感情論。自分が銀華といたいだけ。

拙(つたな)い主張だが間違っているとは思わない。琉花は銀華のことをまだ知りたいし、銀華もそう望んでくれている。そう確信している。

「しかし、ここでこの男から情報を抜き出さなければ新たな犠牲者が……」

銀華の顔に迷いが浮かんだ。やはり彼女も同じことを考えてくれている。

琉花は銀華からそっと体を離し、深呼吸してから言った。

「それに、あたしはデイヴィッドさんがそこまで悪い人じゃないと思うんすよ」

銀華とデイヴィッドが同時にぴくりと動いた。

ふたりのヴァンパイアハンターの顔には苛立(いらだ)ちが浮かんでいた。戦闘の名残なのか、殺意じみたものも混じっている。

銀華が剣の切っ先をデイヴィッドに向ける。

「この男は自分の欲望のために君を含めた民間人を傷つけ、ヴァンパイア化させかけた。そんな人間が悪人でなくてなんだというんだ」

「でも、あたしを助けてくれたし」

「なんの話だ？」

面倒くさそうな銀華の前で、琉花は記憶を探りながら言った。

「ほら、吉山っていたじゃん。ヒエコーの先輩で、ヴァンパイアになりかけたやつ」

「……それが？」

「あたし、『ビアンコ』の前で吉山パイセンと会ったんだけど、ちょい喧嘩になって、殴られそうになって……んで、そこにデイヴィッさんが来てくれて……でも、よく考えたらあん時出てくるヒッヨーなくねって」

琉花が絞り出した言葉を聞いて、銀華は呟くように言った。

「君を守るために間に入ったと言いたいのか？　更生不可能ではないと？」

「そそ！　それそれ！　コーセーフカノーじゃないって言いたかったんすよ！」

「……琉花はこう言っているが、どうだ？」

銀華はそう言うと、冷たい眼差しでデイヴィッドを見下ろした。

デイヴィッドが琉花の意見を肯定すれば、情状酌量的な配慮がされるかもしれない。だが、否定すれば……。

「妄想です」

負傷の影響で憔悴しつつも、デイヴィッドの口調ははっきりとしていた。

「あの時出たのは、あの男子学生にヴァンパイアの素質があるように見えたからです。成長中の肉体と高い易怒性。それらはヴァンパイアになる要素として重要なものですからねぇ。それをトラブルに巻き込みたくない。そう思ったので、間に入ったわけですがぁ……まさか勘違いなさるとは」

喉の奥を鳴らすような笑い声。右手を破壊され、左手を剣に貫かれているというのに、その顔には皮肉げな感情が浮かんでいた。

「私は仲間を売る気はありません。拷問にも耐え抜く自信があります。民間人への被害を恐れるのならば、ここで殺すことをおすすめします」

それは銀華への挑発であり、自死の選択だった。

琉花には彼の精神が理解できなかった。あがくこともせずに自ら死を選ぶなんて。

「……琉花は」

突然名を呼ばれて銀華を見たが、彼女は琉花を呼んだわけではなかった。

彼女はデイヴィッドに語りかけるために琉花の名を出したのだった。

「琉花は、深い考えもなしに衝動的に動き、性善説に偏りがちな判断をする。加害者に肩入れしてストックホルム症候群に陥（おちい）りやすいところもあるし、正直、取り合ってはいけない類の証人だ」

「え、ディスりすぎじゃね？」

琉花が文句を言っても、銀華は特に反応せずに話し続ける。

「だが、それは琉花が善人であることの証明でもある。彼女は今まで平和な日々を謳歌（おうか）し、その中にある楽しさを追求してきた。我々狩人の血なまぐさい世界を知らない人間………彼女こそ私たちが守ろうとした人間だ。私は彼女が存在することを誇りに思うし、彼女と知り合えたことを嬉しく思う」

「え、ちょ、な、なにいきなり鬼褒めしてんの。そーいうの前フリしてよ」

琉花が照れ笑いしていると、銀華はそれも無視してデイヴィッドに言った。

「貴様もそう思ったからこそ、彼女を守るために動いたのでは？」

デイヴィッドはしばらく無言を貫いていたが、やがて吐息をこぼすように言った。

「繰り返しになりますが、ワタクシがあの時、間に入ったのは偶然です。〝銀の踊り子(シルバーダンサー)〟ともあろう方が随分夢見がちになりましたねぇ」

失望混じりのその言葉には刺々しさがあった。ここまでして自分の死を望む理由とはなんなのか。

彼の挑発を受けた銀華は、不思議なほど涼しい顔をしていた。

「デイヴィッド、貴様も焦(あせ)りすぎだな」

「なにが言いたいのです？」

「他意はない。私に嘘(うそ)が通用しないことを忘れるなど焦りすぎだ、と言っているだけだ」

「…………………あっ」

デイヴィッドの口が琉花の拳が入りそうなほど大きく開き、わなわなと震え始めた。

その時、琉花は銀華が『嘘を見抜く』ことができることを思い出した。それはつまり、今のデイヴィッドの主張が嘘だということを意味していて。

攻撃の意思をなくした銀華が剣を下げていくと、

「ワ、ワタクシが気まぐれを起こしたことがなんだというのですかぁ！」

デイヴィッドが喚くように言った。丸裸にされたような気分なのか、彼の顔には赤みがさしている。

「ワタクシはヴァンパイア復活計画に賛同し、人々の命を危険に晒しましたぁ！　それは変わりのない事実！　裁かれるべき罪人なのです！」

「貴様を裁くかどうかはこちらが決める。貴様が琉花を守ったという事実を加味してな」

「デイヴィッさん。やっぱあたしのこと助けてくれたんすよね」

「誰がアナタのことなど……！」

「私の前でこれ以上の嘘を重ねるつもりか？」

銀華の指摘にデイヴィッドは怒り顔を浮かべていたが、やがてがくりとうなだれると、ぽつりと呟いた。

「本当にそんなつもりはなかったのです……」

溢れるように吐き出されたその言葉は、後悔と苦しみに満ちていた。

「お嬢さんを見ていたのは、ギンカに接触するため……なので、どんなトラブルに巻き込まれようとも出ていくつもりはなかったのです……それなのに体が勝手に動いてしまい……それをごまかすために彼をヴァンパイアに……自分でもなにをやっているのやら……」

デイヴィッドは言葉を途切れさせると、救いを求めるように銀華に向けて折れ曲がった右手を伸ばした。

「ワタクシは悪にも落ちきることができなければ、正義に戻ることもできない、中途半端な犯罪者です……これ以上生き恥をさらすくらいならば、最強のヴァンパイアハンターであるアナタの手にかかって死にたい……その望みだけは叶えていただきたい……」

自分の命を奪うように懇願するその姿は哀れで、銀華に制されなければ琉花は彼に駆け寄っていたかもしれない。

『正義の側に立ちたいから』

かつて銀華から聞いた、デイヴィッドがヴァンパイアハンターになった動機。

銀華はそれを矯正しておくべきだったと後悔していたが、今は琉花も同感だ。

そうしていれば彼はここまで苦しまずに済んだかもしれないのだから。

「貴様の主張は理解した」

銀華はそう言うと、琉花に後ろに下がるように手で指示をした。

「ぎ、銀華……」

「琉花。任せてくれ」

銀華は琉花に対して微笑むと、デイヴィッドの前で銀剣を大上段に持ち上げた。

デイヴィッドはそれを見上げて、満足そうに目を閉じた。自分の最期が銀華によってもたらされることに感動しているらしい。冷や汗をかきつつも、その表情は安らかだった。

銀色の狩人は剣の柄を強く握りしめると、かつての戦友に命中させた。

かかとを股間に。

「アプォッ！」

デイヴィッドの口から奇声が飛び出し、額から大量の脂汗が飛び散った。彼の身体はびくびくと痙攣し、灰色がかった目はぐるりと上へ向く。

「誰が貴様の望みなど叶えるかバーーーーーーーーカ！　頭を冷やせっ！」

立体駐車場が銀華の怒声でぐらぐらと揺れる。

デイヴィッドは口からぶくぶく泡を噴き出すと、首を横に寝かせて意識を手放した。

「男の人がアソコ蹴られんのってすんげー痛いんじゃなかったっけ？」

琉花がデイヴィッドの壮絶な様子に慄いていると、銀華はすっと表情をなくして言った。

「男だけではなく、女でも股間を蹴られれば痛いだろう」

「や、そーだけどさ……」

「機能を失わない程度には加減したし、このバカ者も狩人だ。これくらいの傷は祓気で治る」

「……やっぱあたしも祓気欲しーんすけどー」

羨ましがっている琉花を無視して、銀華はデイヴィッドのそばに屈むと、彼の左手に刺さっていたナイフを消し去り、その手首をコートで縛っていった。

少しの間、銀華はデイヴィッドのことを感傷的な目で見つめた。

琉花は黙ってそれを見守った。ヴァンパイアハンターである彼女たちの間にしかわからないことがある。口出しするのはイケてない。

銀華は立ち上がると、気絶した人々と黒砂だらけの立体駐車場を見渡した。

「さて、後処理をしなければ」

銀華の声には少し疲れが含まれているように聞こえた。いったい彼女は何時間戦っていたのだろうか。

「ちょっと休んだら?」

「そういうわけにもいかない。倒れている人々からヴァンパイアの因子を排除しなければいけないし、狩人同盟へ連絡しなくてはいけない。町に落ちた武器の回収も……ああ、マンションの修繕もあったな……」

休んでいたら終わらない、ということらしい。

「そんなら、あたしも手伝うよ」

琉花が提案すると、銀華は断るような素振りを見せたが、思い直したのか、ふっと微笑んだ。

「ああ、よろしく」

マジでこの人、顔がいいな……。

琉花が心臓を跳ねさせていると、銀華は肩をぐるりと回して、

「まずはここの人たちの処置からだな」

「っしゃー。どんとこいゲロまみれパーティー」

「最悪な戦勝パーティーだ」

辟易とした口調で言う銀華を見て、琉花は満面の笑みを浮かべた。

「じゃ、センショーパーティーはまた別日にやろ」

「そうだな……次は私が奢るよ。クレープとか、カラオケとか」

「ん、楽しみにしとく」

琉花と銀華は頷きあった後、同時に歩き始めた。

エピローグ

六月も下旬に突入すると夏が生活に踏み込んでくる。白雲を貫く強烈な太陽光は木々を生長させ、人々を強制的に薄着にし、建物の冷房装置を激しく稼働させる。

午前の授業が終わり、昼休みに突入すると、飛燕高校の生徒たちはそれぞれ思い思いのことをし始めた。昼食、会話、運動、自習、動画視聴、音楽視聴、ゲーム、読書、仮眠……。

盛黄琉花（もりきるか）は体育館裏でひとりの男子、吉山（よしやま）と向かい合っていた。

吉山の刺々しかった金髪は染め直されたのか黒髪になっていた。以前醸し出していた傲慢（ごうまん）さは鳴りを潜め、緊張した様子で琉花をうかがっている。

「こないだは、俺（おれ）、その、気取って、ひどいこと言って、暴走して……ダセーっつーか、情けねえっつーか、最低だった……それなのに、命を助けてくれたなんて……えっと、ほ、ほんとにごめんなさ」

「あ、全然気にしてないんでいーっすよ」

「えっ」

琉花の言葉に吉山は見るからに狼狽（ろうばい）した。

「い、いいのか？　本当に、本当にいいのか？」

「え、じゃ、許さないほうがいーすか？」

「いや、そりゃ、許してもらったほうが助かっけど……か、軽すぎっつーか……」

吉山は琉花の言葉をうまく落とし込めないらしく、気まずそうな表情を浮かべていた。

数週間前、吉山はとある不審者に襲われた。

その時に居合わせた琉花は友人とともに気絶した吉山を介抱し、救急車を呼んであげた……ということになっている。

琉花は手でピースマークをつくり、それを横に振った。特に意味はない。

「だって先輩、すげー反省してるじゃないっすか。それ詰めんのっていー女じゃないし、全然楽しくないし、あん時あたしも結構ひどいこと言ったし……つか、無事でよかったっすよ。こっちはいきなり倒れてビビり散らしたんすから。友達とマジやっべって言い合って……吉山パイセン？」

琉花が尋ねても吉山の反応はなかった。

彼はぷるぷる小刻みに震え、唇を嚙みしめていた。

事故の後遺症だろうか、と琉花が心配していると、吉山は口を小さく開いた。

「も、盛黄……盛黄さん……」

「え？　さん？」

いきなりのさん付けに琉花が後ずさりすると、吉山はその目から大量の涙を流し始めた。

え、マジでどしたんこの人？

「お、俺、ぶか、部活真面目(まじめ)に頑張る。もう三年生だし、六月だし、正直レギュラーになんの無理な気がするけど……で、でも、必死でやるから。だ、だから、盛黄さん、こ、今度ぶ、ぶぶぶ、部活見にき……」

そこで言葉をつまらせると、吉山は日に焼けた顔を赤くして、

「す、すんませんしたぁっ！」

と叫んで去っていった。

以前の吉山は琉花を脅迫し、殴りかかろうとしてきた。あの粗暴な吉山はどこに行ったのか。病院に粗暴さを置いてきたのか。

なにはともあれ、部活に励むことはいいことだ。

「あー、部活頑張ってー？」

なんか前も同じことがあった気ぃすんな、と琉花が思っていると、建物の陰からふたりの女子生徒が出てきた。

「なんか聞いてた話と違うんですけど。強引(ごういん)っていうより、ビビりだし。てゆーか、あれ、ガチ恋してんじゃない？」

「るかちん、つけられたりしたらひなたちに言いなねー？」

艶のある黒髪にマゼンタのインナーカラーをいれた少女、めいり。

ピンク髪をツインテールに結って黒のメッシュをいれた少女、ひなる。

琉花のクラスメイトであり、大切な友人たち。

この間の呼び出しでは誰も連れてこなかったことでピンチになったので、今回はふたりに監視役を任せたのだが、完全に無駄足だったようだ。

「吉山パイセンがあたしにガチ恋かー……」

「もしかして脈アリ？」

「や、ナシより」

「るかちん、それってぇ、ひなたちとぉ……？」

「一緒にいたほうが楽しいからに決まってんじゃ～ん」

ひなるとともに、ウシャシャシャ、と奇妙な笑い方をしつつ、琉花は体育館裏を出た。

校庭横を歩いていると、昼休み中の生徒や教師とすれ違った。

黒い怪物もコートをまとった怪人も銀色に輝く剣も高そうな銀色の銃もどこにもない。

平和な世界。穏やかな時間。彼女が守ったもの。

銀髪銀眼の美少女のことを思い出して切ない気持ちになる。

事件が解決してから一週間。四十七銀華は飛燕高校に戻ってきていなかった。

今回の事件の事後処理のため、狩人同盟日本支部に行っているらしいが、メッセージの返信があまりこないので、今どうしているのかはわからない。

遠距離恋愛ってこんな感じなんかな？

変なことを考えつつ、琉花はめいりとひなるより数歩先に進むと、くるりと回って彼女たちに声をかけた。

「あんさー、ふたりとも、こないだはあんがとね」

「こないだって？」

「ちょい前に、あたしが病んでた時さ。ちなみと三人で励ましてくれたじゃん」

「「あー……？」」

ふたりは曖昧に頷いた。

一週間前のことなんて大昔のことだ。覚えていないのも無理はない。

琉花がどう説明するべきか悩んでいると、めいりとひなるは呆れた表情で言った。

「こないだってか、いつも感謝して」

「お礼すんならなんか奢ってー。てゆーか、養ってー」

「あんさー、こっちは割りとガチ感謝なんすけど」

「「こっちだってガチで言ってるっつの」」

ツッコミに押されて後ずさりしていると、ふたりは微笑みを浮かべて近づいてきた。

「琉花らしくないってそういうの。あんたはバカみたいに笑ってればいいんだって」

「そーそー。そーじゃないとひなたちも安心できないも」

ふたりの言葉から信頼と友情を感じて、琉花の芯がぶるりと震える。

「あ、あんたらマジでいー女じゃん……好き……」

琉花が両手を広げて駆け寄ると、ひなるとめいりがさっと横に避けた。

「……なんで避けんの？」

「誰だって避けるって」

「るかちんのガッツリハグは痛いんだも！」

「あー、じゃ、もっかい！　もっかい試そ！　そんで痛かったらやめるから！」

「るかちん、ひなたちがそんなおっさんみたいなセリフで騙されると思ったら間違ってるも」

「まあ、一回くらいだったら……」

「めいち！　ちょろすぎだも！　絶対このおバカはつよつよパワーで抱いてくるに決まって……ぎゃあああああああっ！」

琉花が両腕でふたりの柔らかさと香りを味わっていると、背後から規則正しい足音が聞こえた。校庭の喧騒が静かになっている。生徒たちがそちらに意識を向ける誰かがいるということだ。

誰かなんて、振り向かなくてもわかる。

「君たち、なにをしているんだ」

その凛とした声を聞いて、めいりとひなるの表情が急に明るくなった。

ふたりを離し、不意の出来事に高鳴る鼓動と必要以上ににやつく顔を抑えて、琉花はゆっくり振り返った。

そこには銀髪銀眼の美少女がいた。新品と見間違うような美しい制服に身を包み、マネキンのようなぴしっとした姿勢で立っている。

「ぎ、銀華ちゃーん。助かったも〜！」

銀華を見たひなるがスキップするように駆け寄り、黒手袋に包まれた銀華の手をぎゅっと握って上下にぶんぶんと振った。

後を追って琉花とめいりも銀華に近づいていく。

「銀姐さん。旅行楽しかった？」

「まあまあだ。菓子を買ってきたが、めいりは甘いものは食べないのだったか？」

「おみやは別腹なんだなー、これが」

めいりは銀華に返事をした後、ゆるやかに琉花に目を移した。銀華とひなるも琉花の言葉を待つような表情をしている。

三人とも自分の言葉を待っている。

突然の注目に少し気恥ずかしく思いつつ、琉花は言った。

「おかえり、銀華」

「ただいま、琉花」

迎えの言葉を受け取ると、銀華は優しく笑った。

事件について話をするため、めいりとひなるには先に教室に帰ってもらい、琉花と銀華は連絡階段の踊り場に行った。

デイヴィッドを倒した後、琉花と銀華が人々の処置をしていると、立体駐車場にロングコートの人々がやってきた。

初めはデイヴィッドの仲間かと警戒していたが、どうやら彼らは狩人同盟日本支部の使者だったらしく、人々の処置を手伝ってくれた。

琉花は安心感から脱力したが、銀華は彼らの対応が遅いことや警戒心の薄さに怒っていたようで、叱責と感謝を交互に繰り返していた。

踊り場の手すりに背中を預けながら、銀華は言った。

「デイヴィッドは強制送還された。今ごろ本部で取り調べを受けているだろう」

琉花を襲い、ヴァンパイア復活計画を目論んだ男はイングランドに帰った。

未だに賛同者の名前などは吐いていないが、もう一度ヴァンパイア復活計画のために動く意志はないのだとか。

「やつから琉花に伝言がある」

「デイヴィッさんが？　あたしに？」

「ああ……本当は伝えたくないがな」

「ちゃんと言いな～？」

銀華は、わかっている、と渋々頷いてから言った。

「頑張ったとおっしゃってくださってありがとうございます、だそうだ」

「あー……あれか」

銀華がデイヴィッドを拷問しようとした時、琉花はヴァンパイアハンターたちが世界を守ったことについて言及した。あれは銀華に向かって言ったものだが、デイヴィッドにもそこそこ響いていたらしい。

「あの男は功績の承認を求めて暴走していた側面もあるからな。君に褒められて嬉しかったのだろう……今になって気づくとは、本当に愚かなやつだ」

苦々しく呟く銀華の横で、琉花はデイヴィッド・ハイゲイトに思いを馳せた。

青白い肌をした長身の男。これから彼がどう裁かれるかわからないが、いつか今回とは別の方法で仲間のための道を見つけて欲しい。

そんなことを思いつつ、琉花は銀華に対してジト目を向ける。

「あんさー、前から気になってたんすけど……」

「なんだ？」

「銀華ってときどき口悪くね？」

「ム……そうだろうか？」

「うん。デイヴィッさんに腕の風通しをよくしていくとか言ってたしさ」

「あの時は尋問するつもりだったので……」

「他にも、ヴァンパイアはアクラッでコソクとか言うし」

「それは事実であるし……戦闘中は相手の動揺を誘うためでもあるし……」

気まずそうにする銀華を見ていると自然と笑みがこぼれた。

銀華が居心地悪そうにしているのは、自分が普通ではないということを自覚し、それについて真面目に悩んでいるからだ。

その真面目さがあるからこそ、彼女はここにいる。

そう思うと彼女の性格がとても愛らしいものに感じられて——ふと、琉花はあの夜に言い忘れたことを思い出した。

「あ」

「どうした？」

「そーいや、銀華って将来の夢ないんだっけ」

「……本当にどうした？」

「いーからいーから。そーだよね？」

少し前、琉花は銀華の将来の夢を聞いた。

それは琉花自身が将来の夢を持たないために聞いたことだったが、あの時はそれを言い忘れてしまった。今が話し合ういい機会なのかもしれない。

銀華が踊り場から校庭を見下ろすと、風が彼女の銀髪を無造作に揺らした。

「この間も話したが、狩人だった頃はヴァンパイアの撲滅を目的にしていた。そしてヴァンパイアが撲滅された後は学校に通うことを目標にしていた。なので、今は特にない」

言い終わると、銀華は、なぜそんなことを聞くんだ、という目を琉花に向けた。

「や、実はあたしもなんすよね」

琉花は手すりに腕を置いて、銀華と同じ方角を見つめた。

「そんで、それをめいに言ったら、夢がないなら探せばいーじゃんって言われてさ。それもそーだなーって思って」

琉花が呟くと、銀華は顎に手を当て、ほう、と感心するように頷いた。

「確かにそうだな。夢がないなら探せばいい」

「ん。だからさ、あたしと一緒に夢探さない？」

「ああ、いいぞ」

「んじゃ、しばらくは一緒に夢探しっすね」

柔らかな微笑みを交わし合い、漫然と景色を見つめる。

　校庭のざわめきが遠く聞こえる。木々が揺れ、葉たちによる協奏曲がふたりから力を抜いていく。

「…………くくっ」

「…………ぷっ」

　銀華は二の腕を口に当て、琉花は前かがみになって口を押さえたが、こみあげる笑いを抑えきれなかった。

「わ、私にもわかるぞ。今のはやりすぎだな」

「ん。ヤバいヤバい。今日イチだわ」

　夢を探すことを茶化(ちゃか)しているわけではないし、ふたりで探したいのも冗談ではない。

　だが、それでもなぜかおかしかった。あの無表情がデフォルトの銀華が笑っているということが面白(おもしろ)いのかもしれない。あちらも同じような理由で笑っているのかも。

　そうやって笑い合っていると、昼休み終了のチャイムが鳴った。

「っしゃー。午後も頑張りますか！」

　ふたり並んで階段を降りていくと、銀華が悩ましそうに言った。

「そろそろ私は部活を決定しなければな」

「あれ、ヴァンハって部活NGじゃないの？　戒律によってコーテキな大会が禁止とか言ってなかった？」

「それは運動部に限る話で、文化部はおおよそ大丈夫だ。家庭科部とか、美術部とか」

「なーほーね………あー、あたしも久々にダンス部に顔だしてみっかなー……」

「琉花、君、ダンス部だったのか？」

「あれ、言ってなかったっけ？」

「聞いてないぞ踊れるなんて。今度見せて欲しい」

「や、ユーレー部員なんでちょっとしかできねっすよ」

「それでもいい」

「うぇ、鬼みたいにがっつくじゃん………気ぃ向いたらね」

なんてことのない軽口を交わしながら教室に向かう。

きっと教室ではめいりとひなるが、ちなみとその友達が、誰かと誰かが、同じようなことを話しているだろう。


教室に向かう廊下で、琉花は銀華が自分のことを優しいと言ってくれたことを思い出した。

自分ではよくわからないが、彼女が言ってくれたことなのだから大事にしていこうと思う。


そっちのほうが楽しそうだしね。

あとがき

初めまして倉田和算です。

この度は拙作『ヴァンパイアハンターに優しいギャル』をお読みいただき、誠にありがとうございます。タイトルがちょっぴり長いので、著者は勝手に『ヴァンギャル』とか『ヴァギャ』という略称を考えています。気の合う仲間とお話しする際にお使いください。

今回のお話はタイトル通り、ギャルとヴァンパイアハンターの友情物語です。テーマは明るく！　楽しく！　元気よく！　盛黄琉花のギャルパワーと四十七銀華のヴァンパイアハンターパワーで立ちふさがる困難を吹き飛ばす！　……という感じです。

今作を書くにあたってギャルについて調査したのですが、ギャルたちの文化はすごくパワフルで、著者は度々圧倒されてしまいました。特設サイトの受賞者コメントでも書きましたが、もはや尊敬しかありません。すごいですぜ、ギャルパワー。

ヴァンパイアハンター側の視点から見ると今作はアフターストーリーですね。怪物たちとの戦いがすべて終わった後、組織はどうなるのか、個人はどう生きていくのか……というちょっぴりハードな話でもあります……ですが、彼女たちならばなんとかなるでしょう。

作品内容についての随筆的雑談。

作中でストーカーが出た際に琉花は面倒くさがって通報を避けていましたが、被害にあった時はすぐに警察や関係機関に相談することを推奨します。大げさにしたくないとしまいこんだり、自分だけで解決しようと思うことは犯罪行為をエスカレートさせる危険性があります。

作中で琉花たちが化粧品の店舗でメイクレッスンしてもらう、というシーンがありますが、メイクレッスン専門の店舗は限られています（今回モデルにしたのは専門店舗です）。また、飛び込みの対応はほとんど受け入れがないそうなので、ご利用の際はご予約を。

作中でプリクラを撮る際にコユピというポーズが出てきますが、あれは著者のオリジナルです。きゅんですポーズのように片手でできないので自撮りには向いていないポーズですが、作中の時空では流行っているようです。不思議ですね。

遅ればせながら謝辞を失礼いたします。

美しく爽やかなイラストで本作のパワーを千割増しにしてくださった林けゐ様。本作を第14回GA文庫大賞《銀賞》に選出してくださったGA文庫編集部の皆様。豊富な知識と的確なアドバイスで頼りになりすぎる担当編集のジョー様。作品制作にあたって協力してくださった皆様。この度拙作をお読みくださった皆様。

本当にありがとうございました。

また次回、穏やかな風の中でお会いしましょう。

倉田和算

ファンレター、作品の
ご感想をお待ちしています

〈あて先〉

〒106－0032
東京都港区六本木2－4－5
SBクリエイティブ（株）
GA文庫編集部 気付

「倉田和算先生」係
「林けゐ先生」係

本書に関するご意見・ご感想は
右のQRコードよりお寄せください。

※アクセスの際や登録時に発生する通信費等はご負担ください。

https://ga.sbcr.jp/

ヴァンパイアハンターに優しいギャル

発　行　　2023年1月31日　初版第一刷発行

著　者　　倉田和算
発行人　　小川　淳

発行所　　SBクリエイティブ株式会社
〒106-0032
東京都港区六本木2-4-5
電話　03-5549-1201
03-5549-1167(編集)

装　丁　　AFTERGLOW

印刷・製本　中央精版印刷株式会社

乱丁本、落丁本はお取り替えいたします。
本書の内容を無断で複製・複写・放送・データ配信などをすることは、かたくお断りいたします。
定価はカバーに表示してあります。
©Wasan Kurata
ISBN978-4-8156-1864-3
Printed in Japan　　GA文庫

陽キャになった俺の青春至上主義

GA文庫

著：持崎湯葉　画：にゅむ

【陽キャ】と【陰キャ】。

世界には大きく分けてこの二種類の人間がいる。

限られた青春を謳歌するために、選ぶべき道はたったひとつなのだ。

つまり——モテたければ陽であれ。

元陰キャの俺、上田橋汰は努力と根性で高校デビューし、陽キャに囲まれた学校生活を順調に送っていた。あとはギャルの彼女でも出来れば完璧——なのに、フラグが立つのは陰キャ女子ばかりだった!?　ギャルになりたくて髪染めてきたって……いや、ピンク髪はむしろ陰だから！　ＧＡ文庫大賞《金賞》受賞、陰陽混合ネオ・アオハルコメディ！　新青春の正解が、ここにある。

新婚貴族、純愛で最強です

著：あずみ朔也　画：へいろー

GA文庫

「私と結婚してくださいますか？」

没落貴族の長男アルフォンスは婚約破棄されて失意の中、謎の美少女フレーチカに一目惚れ。婚姻で授かるギフトが最重要の貴族社会で、タブーの身分差結婚を成就させる！　アルフォンスが得たギフトは嫁を愛するほど全能力が向上する『愛の力』。イチャイチャと新婚生活を満喫しながら、人並み外れた力で伝説の魔物や女傑の姉たちを一蹴。

気づけば世界最強の夫になっていた！

しかし花嫁のフレーチカを付け狙う不穏な影が忍び寄る。どうやら彼女には重大な秘密があり——!?　規格外な最強夫婦の純愛ファンタジー、堂々開幕!!

試読版は
こちら!

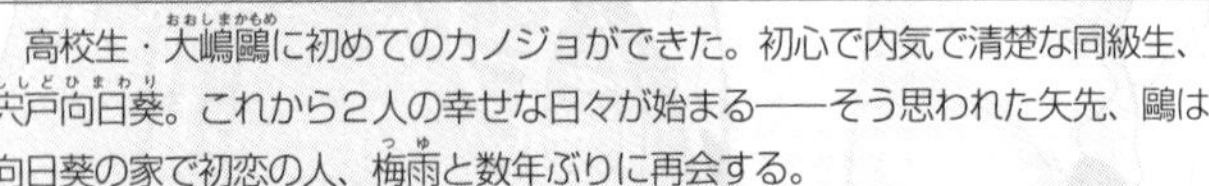

カノジョの姉は……
変わってしまった初恋の人

著：機村械人　画：ハム

GA文庫

高校生・大嶋鷗に初めてのカノジョができた。初心で内気で清楚な同級生、宍戸向日葵。これから2人の幸せな日々が始まる——そう思われた矢先、鷗は向日葵の家で初恋の人、梅雨と数年ぶりに再会する。

明るく快活だった昔の面影が失われ、退廃的ですさんだ雰囲気を漂わせる梅雨。彼女は親の再婚で向日葵の義姉になっていた。再会の衝撃も束の間、鷗は訳のわからぬまま梅雨の部屋に連れ込まれてしまい——。

「……もしかして、初めてだった？」 好きだった頃のあなたに戻ってほしい。カノジョがいながらも、鷗は徐々に梅雨への想いに蝕まれていく。

純愛なのか、執着なのか。これは、純粋で真っ直ぐな、略奪愛の物語。

女同士とかありえないでしょと言い張る女の子を、百日間で徹底的に落とす百合のお話

著：みかみてれん　画：雪子

GA文庫

「女同士なんてありえない！　……はずなのに!!」

モテ系ＪＫの榊原鞠佳は、ある日、クラスのクールな美少女・不破絢に、突然百万円を突きつけられた。

「榊原さん。一日一万円で百日間、あなたを買うわ。女同士が本当にありえないかどうか、試してあげる」「――は？　はあっ!?」

その日から始まる、放課後の○○タイム。頭を優しく撫でたり手を握ったりするところから始まる絢の行動は、日に日にエスカレート!!　果たして鞠佳は、百日目まで絢に「ありえない」と言い張ることができるのか――（できない）。

屈服確定!?　敗北必至!?　鞠佳の百日を巡るガールズラブコメディ!!

第16回 GA文庫大賞

GA文庫では10代～20代のライトノベル読者に向けた
魅力溢れるエンターテインメント作品を募集します！

物語が、華ひらく。

イラスト／風花風花

大賞賞金300万円＋コミカライズ確約！

◆募集内容◆

広義のエンターテインメント小説（ファンタジー、ラブコメ、学園など）で、日本語で書かれた未発表のオリジナル作品を募集します。希望者全員に評価シートを送付します。

※入賞作は当社にて刊行いたします　詳しくは募集要項をご確認下さい

応募の詳細はGA文庫
公式ホームページにて

https://ga.sbcr.jp/